La Disciple

Vincent Cueff

La Disciple

Roman

jouvence
EDITIONS

Du même auteur aux Éditions Jouvence :
La Lettre à Lila, Réponse d'un philosophe à la quête de sens

Dans la même collection aux Éditions Jouvence :
Celle qui écrivait des poèmes au sommet des montagnes,
Nicolas Fougerousse

Catalogue gratuit sur simple demande

Éditions Jouvence
France : BP 90107 – 74160 Saint-Julien-en-Genevois Cedex
Suisse : CP 227 – 1225 Chêne-Bourg (Genève)
Site internet : **www.editions-jouvence.com**
Mail : info@editions-jouvence.com

Couverture : atelier Didier Thimonier
photo ©Mlenny / Getty images

ISBN : 978-2-88911-759-8

« Il leur dit encore : Apporte-t-on la lampe
pour la mettre sous le boisseau, ou sous le lit ?
N'est-ce pas pour la mettre sur le chandelier ?
Car il n'est rien de caché qui ne doive être découvert,
rien de secret qui ne doive être mis au jour. »
Marc 4-21

Note de l'auteur :

Toute ressemblance avec des personnages symboliques n'est pas fortuite. Ce message d'amour, de tolérance, d'authenticité et de liberté devrait être propre à toutes les cultures et à toutes les religions.

Préambule

En 1913, alors qu'ils exploraient une crypte enfouie sous le sable dans le désert du Negev, des archéologues découvrirent un vieux manuscrit. Le texte, écrit en langue araméenne sur plusieurs rouleaux de papyrus, datait du Ier siècle après J.-C. Lorsqu'ils parvinrent à le traduire, son contenu stupéfia les chercheurs. Il avait été écrit par une jeune femme vivant en Palestine à cette époque, et son histoire apportait un éclairage nouveau sur l'un des plus grands mystères de l'histoire de l'humanité. Il remettait totalement en question les textes fondateurs des grandes religions monothéistes et notamment ceux du christianisme.

Le témoignage fascinant de cette jeune femme et son récit empreint de sagesse et de spiritualité sur l'un des mystères les plus sacrés de notre civilisation allait rapidement inquiéter les autorités religieuses.

Après de longues négociations financières, l'Église parvint finalement à acheter le manuscrit à prix d'or. Celui-ci repose désormais dans les caves du Vatican, loin du public. Heureusement, l'un des archéologues en conserva secrètement une copie et, un siècle après sa découverte, il est maintenant possible de redécouvrir ici cette histoire extraordinaire. Puisse sa lecture vous inspirer et éclairer votre chemin.

I.

Ce devait être le plus beau jour de ma vie. J'avais imaginé la scène dans ses moindres détails. D'abord la lente marche vers l'autel dans l'allée centrale du temple, ma longue robe blanche, les hauts piliers de marbre ornés de roses et de lys, l'assemblée silencieuse, la musique solennelle, le prêtre dirigeant la cérémonie. Puis l'échange des vœux, les anneaux d'or, les yeux humides, la main qui relève lentement le voile blanc sur mon visage et le baiser délicat qui se pose sur mes lèvres. Plus tard la fête, les danses joyeuses, les rires, le vin, l'odeur des viandes rôties sur les feux de bois, le pain frais, le miel et les fruits du soleil autour de la grande table, à l'ombre des lauriers et des pins. Et au crépuscule, les chants sacrés, suivis du départ des derniers invités. Enfin la première nuit, doucement éclairée par la lune, libérant les désirs si longtemps retenus et l'offrande de ma féminité à l'homme que j'allais accompagner pour le meilleur et pour le pire, jusqu'à la fin de mes jours. Les heures chaudes qui verraient nos cœurs et nos âmes s'élever vers le ciel dans la promesse d'un avenir radieux. Le début de ma nouvelle vie de femme.

Je pensais que c'était écrit dans le Grand Livre de la vie, parce que sans mariage, il n'y avait pas de famille et sans famille, il n'avait pas de communauté. Les choses étaient ainsi et la religion m'y avait préparée depuis l'enfance.

J'étais si heureuse ! J'allais épouser Tamar, le fils d'une des familles les plus puissantes de la province. Nous nous étions rencontrés six mois auparavant, lors d'une réception organisée à cet effet par nos familles. Son charme assuré et sa situation le rendaient populaire auprès des nombreuses mères qui auraient souhaité voir leur fille à ma place. Mais il m'avait choisie, moi, pour devenir sa femme et j'en étais fière. Le futur s'annonçait heureux et serein, et tout était pour le mieux.

Pourtant, la scène que j'avais si souvent imaginée ne s'était pas jouée. Une ombre était venue tout changer. Éblouie par la lumière, je n'avais pas vu la face sombre de Tamar et j'allais apprendre que les

hommes ne sont pas toujours ce qu'ils paraissent être.
C'était un après-midi chaud et ensoleillé, et je ne l'avais pas averti de ma visite. Son père lui avait légué une grande maison en plein cœur de la cité. On y pénétrait par une grande porte en bois de cèdre puis on accédait à un jardin intérieur à ciel ouvert, orné de citronniers en fleur et de dattiers. Des nénuphars roses ornaient un bassin de mosaïque bleue alimenté par les eaux fraîches d'une fontaine en marbre blanc. On y était isolé des bruits de la cité et les hauts murs fournissaient un ombrage agréable qui protégeait du soleil trop vif. Cette vaste bâtisse ressemblait bien plus à un palais qu'à une maison commune. Les serviteurs semblaient absents et je m'étais rendue à l'étage, là où Tamar recevait régulièrement ses hôtes et négociait ses affaires. C'était dans la pièce qu'il nommait la bibliothèque. Il y possédait une collection d'anciens papyrus égyptiens et hébreux recouverts de symboles dont j'ignorais le sens. Il s'agissait de signes de pouvoir m'avait-il simplement dit, et seuls ceux qui possédaient la connaissance secrète savaient comment les décrypter. Alors que je m'approchais, j'entendis

des sons et des bruits de voix en provenance d'une des pièces adjacentes au couloir. C'était une des chambres. En une fraction de seconde, mon cœur s'était arrêté. J'avais reconnu la voix de Tamar et celle d'une femme. Je compris soudain ce qui se déroulait derrière cette porte, les propos échangés ne laissaient aucun doute. Après s'être arrêté un court instant, mon cœur s'était mis à battre sur un rythme effréné, et un état de panique et de peur m'avait envahie. J'avais brusquement ouvert la porte et mes yeux incrédules découvrirent l'inconcevable. Tamar et l'une des jeunes servantes étaient enlacés sur le lit.

— Tamar !

Son nom avait jailli de mes lèvres et son regard surpris avait croisé le mien. J'étais en état de choc. J'avais peine à respirer, mon souffle était devenu court et j'avais dû m'appuyer contre le mur. Je ne pouvais détacher mes yeux de cette scène insupportable. Finalement, j'avais trouvé la force de regagner le couloir, de dévaler l'escalier, de traverser la cour et d'atteindre la rue. J'avais alors couru sans savoir où j'allais. Je ne voyais plus rien, les larmes noyaient mes yeux. J'avais simplement couru. Je ne sentais plus rien, ni les passants que je bousculais sur mon

passage, ni les rayons brûlants du soleil, ni le sol poussiéreux sous mes pieds.
J'ignore de quelle façon mes pas m'avaient ramenée à la maison de ma mère. Puis ce fut le vide. Mon corps s'effondra brusquement et je perdis connaissance.

J'étais restée inconsciente durant de longues heures et à mon réveil, mon corps était lourd et douloureux. Il me semblait que toutes mes énergies l'avaient quitté et je me sentais inerte et sans vie. En un instant, mon monde venait de s'écrouler, brisant violemment mes rêves les plus chers.
Lors des semaines qui suivirent, je quittai rarement mon lit. Ma mère et mes sœurs restaient à mes côtés et tentaient de me réconforter comme elles le pouvaient. Je pleurais souvent. Je maudissais Tamar et je m'en voulais d'avoir été si naïve. Bien sûr, je reçus de nombreuses visites. Le grand prêtre qui était un ami de Tamar vint plaider sa cause.
— Tu dois pardonner, Miriam. Les femmes doivent pardonner aux hommes leurs faiblesses. Ce mariage est très bon pour toi et pour ta famille car Tamar va devenir un homme très puissant. Lui et sa famille ont dépensé une fortune pour organiser cette cérémonie et des notables de toutes les

provinces ont reçu une invitation. Le gouverneur de Jérusalem a même été invité. Tu m'as bien entendu : le gouverneur de Jérusalem ! Tu dois comprendre que l'intérêt des familles qui dirigent la cité est plus important que tes intérêts personnels ou que tes états d'âme. Si ce mariage n'a pas lieu, ce sera une catastrophe et Tamar va le vivre comme une humiliation. Tu ne peux pas changer d'avis maintenant !

Les propos de l'homme d'Église m'avaient choquée. Ils reflétaient malheureusement l'hypocrisie de l'institution à laquelle il appartenait. Beaucoup de ses membres menaient une vie personnelle très éloignée de celle qu'ils prêchaient au temple. Ils se prétendaient les porte-parole d'un dieu bon et miséricordieux mais affichaient souvent arrogance et mépris envers le reste de la population. Le grand prêtre ne faisait pas exception. De toute façon, je l'avais décidé, il n'y aurait pas de mariage. Suite à l'échec de son ami, Tamar fit venir d'autres émissaires chargés de fleurs, de parfums et de bijoux pour essayer de me convaincre de revenir sur ma décision. Après tout, disait-il, nous n'étions pas encore mariés et il n'y avait pas lieu de dramatiser les faits. Dans certains milieux, ces choses-là étaient fréquentes et nul ne s'en offusquait. Je comprenais surtout que chez les gens de pouvoir, riches et puissants, les hommes avaient bien souvent une conception du mariage différente de celle des femmes. Tamar avait alors insisté à plusieurs reprises pour venir me voir mais je refusai tout contact avec lui. Cet homme m'avait trompée et humiliée, et dorénavant je souhaitais simplement m'endormir et ne plus penser à lui.

— Lorsque ton père est mort, me dit ma mère, j'étais anéantie et je suis restée prostrée durant de longs mois. Puis, peu à peu, ma peine s'est adoucie. Cela fait bien longtemps maintenant, et même si la tristesse s'empare toujours de mon cœur lorsque je repense aux jours heureux que nous avons partagés, la douleur est moins vive. Le temps finit toujours par guérir les blessures les plus profondes. Il faut simplement lui faire confiance.

II.

Avec l'arrivée des premiers jours de *kayitz*, la saison d'été, je retrouvai enfin la force de me lever et de sortir de la maison. Tamar avait renoncé à m'envoyer ses émissaires et j'espérais ne plus jamais entendre parler de lui. Si mon âme redevenait peu à peu plus légère, la mélancolie habitait toujours mon cœur. Mon corps restait souffrant, ma peau était devenue très pâle et le soleil du sud ne parvenait pas à lui redonner ses couleurs cuivrées. Ma mère avait pourtant fait appel aux mages les plus réputés pour tenter de guérir mes maux. Il en était venu de toutes les provinces, de la Judée à la Galilée en passant par la Samarie, certains d'entre eux avaient même effectué le long voyage depuis la Perse. Mais les lotions et les incantations magiques étaient restées impuissantes à me redonner la santé et la joie. J'étais constamment épuisée et je ne m'aventurais guère hors du jardin familial. Je m'asseyais à l'ombre d'un grand pin et y restais, en silence, durant des heures, regardant les eaux bleues du lac. Les jeux de lumière sur leur surface avaient un effet apaisant et j'observais le ballet lent des cygnes et des canards. L'un d'entre eux s'aventurait parfois sur l'herbe sèche pour picorer les restes de mes galettes de blé. Sur l'autre berge, dans le lointain, je devinais les maisons blanches de Bethsaïde et, encore plus au nord, les premières collines de la province d'Iturée. Je me rendais compte, surprise, que j'ignorais tout de ces régions pourtant si proches. Je n'avais jamais quitté Magdala. Mon enfance puis mon adolescence s'étaient déroulées sur ces terres et je n'avais jamais vraiment songé que là-bas, de l'autre côté du lac, d'autres peuples, d'autres femmes et d'autres hommes vivaient peut-être des vies différentes de la mienne. Cette pensée en amena une autre : le monde devait être vaste mais mon univers se réduisait à ces quelques arpents brûlés par le soleil. Une envie de nouveau, d'inconnu et de découverte s'empara doucement de mon âme.

Un matin, enfin, je me sentis suffisamment forte pour me rendre jusqu'au marché. Une joyeuse animation régnait déjà dans les ruelles qui menaient à la place centrale. Magdala était une cité florissante et ce matin-là, comme chaque jour de marché, les marchands ambulants avaient pris possession de ses artères. Les fermiers et les bergers étaient descendus de la campagne environnante pour vendre et pour acheter, espérant retourner chez eux un peu plus riches. On y trouvait également des potiers, des tisserands, des marchands de fruits et légumes, des marchands de fromage et de poisson frais. Les voix des commerçants et les sons des bovins, des volailles et des chèvres se mêlaient au bruit des nombreux passants. Des odeurs de poulets rôtis, d'agneaux grillés, de brochettes de bœuf et d'épices flottaient dans l'atmosphère. Des échoppes montées à la hâte proposaient des falafels et des pains pita à déguster dans la rue. Un prêtre à la robe richement brodée marchait d'un pas rapide vers le temple et les gens s'écartaient sur son passage. Dans l'assemblée, on croisait également des joueurs de flûte et des prédicateurs.

À l'entrée de la rue principale, une scène attira mon attention. Une vieille femme pauvrement vêtue était assise à même le sol et mendiait quelques shekels et de la nourriture. Ses vêtements indiquaient qu'elle était originaire d'une des provinces du nord, là où

vivaient de nombreux clans nomades. Bien peu de passants lui prêtaient attention. La plupart continuaient leur chemin vers le centre de la cité en ignorant sa présence. Un petit groupe d'hommes richement vêtus s'était toutefois arrêté et l'apostropha d'un air méprisant.
— Que fais-tu ici, vieille folle ? Retourne chez les tiens dans le désert ! Tu n'as rien à faire dans notre cité ! Nous ne voulons pas de mendiants ici !
L'un d'entre eux brisa du pied son petit bol en terre cuite et la maigre aumône qu'il contenait s'éparpilla sur le sol poussiéreux.
— Va-t'en, à présent, et si tu es encore là lorsque nous repasserons, c'est toi que nos pieds frapperont !
Ils étaient alors repartis en parlant et en riant fort. Elle les regarda qui s'éloignaient sans dire un mot et traça simplement du doigt des signes mystérieux sur le sable. Je m'approchai d'elle puis m'agenouillai, et je ramassai une à une les pièces de monnaie.
— Tenez, ce sont vos shekels. Je vais vous offrir un nouveau bol en terre, je reviens vous l'apporter tout de suite.
Elle saisit alors mes mains et plongea ses yeux dans les miens. Son regard était étrange, d'un bleu profond très différent de celui des gens de

notre peuple. Elle resta ainsi, immobile et silencieuse, durant un long moment. Elle semblait lire en moi et je commençais à ressentir un certain inconfort. Son visage s'éclaira soudain et elle me sourit.

— Je lis de la tristesse et de la lassitude dans tes yeux. Pourtant, l'homme que tu t'apprêtais à épouser n'était pas celui que la vie te destinait. D'ailleurs était-il vraiment le choix de ton cœur ou avait-on décidé pour toi ?

Je me sentais de plus en plus mal à l'aise. Comment savait-elle que je devais me marier avec Tamar, le connaissait-elle ? Pourquoi ces mots étranges ? Qui était-elle ? Était-elle folle ? Était-elle de ces gens qui parlent aux dieux ou aux défunts ?

— Tu viens de vivre des moments difficiles mais souviens-toi que dans la langue de ton peuple, le mot *mashbar*, crise, signifie la fin d'une chose mais aussi la naissance de quelque chose de nouveau. L'ancien fait place au neuf. Tu l'ignores encore mais ta route va bientôt croiser celle de celui que tu cherches vraiment. Ton destin sera différent de celui des autres femmes et l'homme que tu vas rencontrer, lui aussi, sera différent. Vos âmes se reconnaîtront. Aie confiance.

Ses propos devenaient de plus en plus mystérieux. Je voulus bouger, me lever, m'enfuir mais une force invisible semblait me retenir face à elle.
— Je… je vais vous chercher un autre bol pour remplacer celui qui est brisé. Je… je reviens dans un instant.
Je parvins finalement à me relever et me dirigeai vers le marché d'un pas rapide, sans me retourner. Mon cœur battait fort dans ma poitrine et mon esprit était confus. J'essayai de me rassurer. La vie errante de la vieille femme devait avoir affecté sa santé mentale, elle délirait sans doute ainsi avec tout le monde. Je pris une profonde inspiration et prenai conscience, alors, combien mon existence était privilégiée par rapport à la sienne. J'étais issue d'une famille aisée et n'avais jamais manqué de rien. Oui, la pauvre vieille avait certainement perdu la raison.
Lorsque je revins un peu plus tard, elle avait disparu. Seuls subsistaient sur le sable les signes mystérieux qu'elle y avait tracés. Il s'agissait de caractères hébraïques disposés dans un ordre précis. J'avais souvent entendu dire que ceux qui connaissaient les secrets de la Kabbale les utilisaient pour annuler autour d'eux l'influence néfaste des énergies négatives. Cette mendiante possédait donc le secret

des lettres, or, je pensais que seuls les hommes y étaient initiés. Tout cela était vraiment étrange. Je cherchai à nouveau du regard la vieille femme mais elle semblait avoir disparu dans la foule.
J'arpentai toutes les ruelles et toutes les places de la cité pour la retrouver mais ma recherche resta vaine. Les images se bousculaient dans ma tête. Je revoyais son visage ridé et ses yeux bleus si étranges. Cette rencontre était-elle bien réelle ? Peut-être n'était-ce qu'un rêve ? Je repensai alors à ces légendes que racontaient les Sages. Les textes anciens relataient les visites faites aux humains par des anges déguisés en voyageurs ou en vagabonds. Ils apparaissaient à des moments clés de leur existence pour délivrer un message puis disparaissaient aussitôt leur mission achevée. Je ne savais plus que penser et, finalement, décidai que ce qui venait de m'arriver ne devait rien aux dieux ni aux anges. C'était simplement l'œuvre du hasard. Toutes ces histoires n'étaient, au fond, que des légendes dont personne ne connaissait l'origine et il n'y avait pas lieu d'y accorder plus d'importance.

Pourtant, le lendemain matin, je décidai de me rendre à nouveau au marché. Je ne parvenais pas à chasser la vieille femme de mon esprit et quelque chose me poussait à partir à sa recherche. Les vendeurs ambulants connaissaient tout le monde et ils pourraient certainement m'aider. Le cœur de la cité connaissait son effervescence habituelle. Je commençai à questionner les marchands. Avaient-ils vu la mendiante ? Certes, ils avaient remarqué la présence de vagabonds et de diseuses de bonne aventure mais aucun n'avait croisé quelqu'un qui correspondît à la description de la vieille femme. Je continuai à m'enquérir auprès des passants et des nombreux visiteurs présents à cette heure de la journée mais les réponses restèrent invariablement les mêmes.

Un marchand m'apporta enfin une réponse. Les semaines précédentes, il avait vu la vieille femme à plusieurs reprises dans le village de Yerida. Là aussi elle mendiait, assise à même le sol, avec un vieux bol en terre cuite.

III.

Yerida était situé à quelques heures de Magdala, au milieu des collines. Je décidai de me mettre en route le lendemain à l'aube. Je chargeai l'un de nos ânes d'eau et de fruits secs puis je pris la direction de l'est. Le soleil montait déjà derrière les collines rocheuses, et la journée serait chaude. Curieusement, je ne ressentais aucune fatigue malgré ma longue convalescence. Durant le voyage, mon corps sembla se recharger en énergie et ma mélancolie fit place à une excitation mêlée de curio sité et de mystère. J'avais une sensation intuitive que quelque chose d'important était sur le point de se produire dans ma vie. Les paroles de la vieille femme résonnaient dans ma tête : « Souviens-toi qu'une crise signifie également la naissance de quelque chose de nouveau. L'ancien fait place au neuf. » J'ignorais ce qui viendrait mais je me sentais à présent habitée par un sentiment de confiance et de foi.

Lorsque j'atteignis Yerida, le soleil brillait déjà haut dans le ciel. Les places et les ruelles étaient peu nombreuses et si la vieille femme était là, il serait facile de la trouver. Je décidai de laisser mes pas me guider et j'arrivai bientôt sur une place située un peu à l'écart. Debout sous un cyprès, un homme parlait. Autour de lui, un petit groupe écoutait assis en silence. Un grand calme régnait.

L'homme était de haute stature et portait une longue tunique blanche. Une sensation inconnue me saisit immédiatement à sa vue. C'était un sentiment indescriptible, l'impression de le reconnaître sans jamais l'avoir rencontré auparavant. Quelque chose en moi se mit à frissonner, le sang dans mes veines circula plus vite. Mon âme semblait soudain vouloir renaître et sortir de la prison obscure qui l'avait retenue captive durant des semaines. Je restai un long moment immobile à le contempler. Il devait être âgé d'une trentaine d'années. Son physique était harmonieux, ses longs cheveux noirs et sa barbe bien taillée accentuaient sa beauté. Ses yeux brillaient d'une lumière intense, sa voix était forte mais douce à la fois. Il ne haranguait pas son auditoire comme c'était souvent le cas avec les prédicateurs. Il était différent. Il ne répétait pas les vieilles phrases de nos livres sacrés, son message était nouveau. Les nombreuses paraboles illustrant ses propos semblaient inspirer son auditoire. Je me sentis immédiatement attirée par son charisme et m'approchai du groupe. Je m'assis à même le sol pour l'écouter.

— Vos religions vous parlent d'un Dieu inaccessible qui vous juge, qui vous condamne, qui exige de vous des sacrifices et des douleurs, mais rien n'est plus éloigné de la vérité ! Leurs dirigeants condamnent le bonheur, le plaisir, la joie. Ils vous parlent d'amour mais ignorent le sens de ce mot. Ceux qui prétendent représenter Dieu sur terre ont perdu le sentiment religieux, la faculté de s'émerveiller devant les miracles de la Création. Ils ont enfermé la lumière, la connaissance et la sagesse derrière de lourdes portes chargées de dogmes et d'interdits. Ils veulent vous infliger leur façon de penser et de se comporter ! Ils cherchent à faire de vous des moutons dociles qui doivent suivre le berger sans poser de questions, et toute personne qui pense différemment représente un danger pour eux. Ils savent que l'angoisse de la mort tenaille tous les êtres dès leur naissance et ils utilisent cette peur pour vous imposer leurs règles. Ils vous promettent la félicité éternelle dans une vie future si vous obéissez à leurs paroles et si vous souffrez pour leur Dieu dans cette vie-ci. Mais moi, je vous dis que vous devez refuser de vous soumettre à leurs règles qui vous limitent, qui vous oppressent et qui renient votre humanité. Vous devez écouter votre cœur et ne pas suivre les règles édictées par d'autres. Chacun d'entre vous doit choisir par lui-même ce qui est bon pour lui. Et souvenez-vous toujours de ceci : c'est votre vie et elle n'appartient à personne d'autre qu'à vous ! Et certainement pas aux Églises ni à leurs chefs religieux ou à leurs prêtres ! C'est votre vie, elle est fragile et précieuse, respectez-la et respectez-vous ! La lumière se trouve en vous et nulle part ailleurs. La liberté est votre plus grand bien, alors libérez-vous dès maintenant des fausses idoles et des superstitions !

J'ignore combien de temps je restai à écouter les paroles de l'homme tant son discours m'avait captivée. Il avait parlé de la vie, de la mort, du bonheur et d'un royaume à venir. Il avait parlé de foi, d'amour, de pardon et de liberté. Il avait parlé des lois des prophètes et de vin nouveau. Il avait parlé de justice et d'oppression. J'étais fascinée. Transporté par le flot de ses paroles, mon esprit s'était envolé bien loin de la cité et des collines. Une petite flamme venait de s'allumer en moi.

— Sachez qu'il existe une Intelligence infinie, universelle et impersonnelle qui transcende toutes vos facultés physiques et mentales. Nommez-la comme vous voulez, certains l'appellent Dieu, d'autres, le Mystère. Peu importe le nom que vous lui donnez, ce qui compte, c'est d'apprendre à contacter par vous-mêmes cette Présence qui vous habite, de la ressentir vibrer en vous et autour de vous, et de vous en remettre à elle en toute confiance ! Tout ce que vous percevez autour de vous est une manifestation de cette puissance, et vous en êtes vous aussi une expression ! Alors, laissez au loin les prêtres et leurs systèmes religieux qui vous limitent !

Quand il se tut, l'auditoire se leva et salua l'orateur par une salve d'applaudissements. L'homme les remercia puis se dirigea lentement vers moi.

— Je vois que mes mots ont su trouver le chemin de ton âme. Je sens que ton cœur est resté longtemps lourd et empli de lassitude. Si la rose est privée d'eau et de lumière, elle se dessèche et finit par dépérir. Et lorsque le cœur manque d'amour, la tristesse et la mélancolie en prennent possession. Mon nom est Yeshua. Comment t'appelles-tu ?

— Miriam. Je m'appelle Miriam.
— Parler longuement sous cette chaleur m'a donné faim et soif. Veux-tu partager mon repas ?
J'acquiesçai timidement puis je le suivis sans un mot vers les ruelles animées. Nous nous assîmes à une table sous une toile qui nous protégeait du soleil, et il commanda au vendeur ambulant des *shawarmas* d'agneau rôti, ainsi qu'une salade de tomates et d'aubergines. De façon curieuse, mon appétit semblait revenir après des semaines passées à n'avaler que des potages et des repas légers. J'avais faim. Il me sourit.
— Dis-moi, Miriam, tu n'as pas l'air d'être de ce village, qu'est-ce qui t'amène ici ?
Je lui racontai alors ma rencontre à Magdala avec la mystérieuse vieille femme. Je lui parlai des caractères hébraïques qu'elle avait dessinés sur le sable et je lui expliquai comment elle semblait avoir lu dans mon âme, en évitant toutefois de mentionner sa prédiction à propos d'une rencontre. Je comprenais maintenant qu'elle avait vu juste et que je vivais à cet instant, au cœur de ce village perdu dans les collines, un moment extraordinaire.
— Au risque de te décevoir, Miriam, je ne pense pas que tu retrouveras cette vieille femme ici, dit-il en posant ses yeux dans les miens.

— Pourquoi penses-tu cela ? lui répondis-je d'une voix inquiète.

Il me regarda en silence pendant quelques secondes puis me fit un large sourire. La lumière étrange de son profond regard, les accents graves et calmes de sa voix, son aisance physique m'impressionnaient. Je me sentais de plus en plus attirée par son charme et il devait l'avoir remarqué.

— Écoute, parfois certaines rencontres n'ont pas d'autre but que de nous éclairer momentanément sur le chemin. Nous croisons quelqu'un qui nous aide à prendre une décision ou à changer de direction. Puis, une fois cette mission terminée, nos routes se séparent naturellement et chacun poursuit son destin. Et les choses sont bien comme cela.

Je savais qu'il avait raison.

— Aucune rencontre n'arrive par hasard, poursuivit-il. Tu ne retrouveras pas aujourd'hui celle que tu étais venue chercher mais grâce à elle, nous venons de nous rencontrer ! Vois-tu, je passe de longues journées à marcher seul sur les routes, de village en village. Je m'arrête parfois près d'un puits pour me désaltérer ou à l'ombre d'un cèdre pour me reposer. Puis je reprends toujours ma route. Dans chaque lieu, je rencontre de nouveaux visages. De nouvelles personnes viennent écouter mes paroles. C'est à cela que j'ai décidé de consacrer mon existence, libérer les âmes du joug qui les oppresse, de la peur, de la superstition, et leur permettre de trouver leur véritable nature. Tout le monde a une mission particulière à mener ici-bas, toi aussi, Miriam.

Ces derniers mots résonnèrent fortement en moi.

— Parle-moi de toi, me demanda-t-il.

Je lui racontai alors mon enfance à Magdala où j'étais née près du lac, vingt printemps auparavant, dans la même maison qui avait vu naître ma mère et avant elle ma grand-mère. Mon père faisait du négoce de sel et d'encens d'Oliban avec les populations du nord, et nous vivions aisément. Puis un jour, alors qu'il accompagnait une caravane en Iturée, des voleurs venus du désert avaient attaqué le convoi et tué la plupart des hommes. Mon père faisait partie des victimes. J'avais dix ans, et sa disparition m'avait bouleversée. Je me souvenais d'avoir pleuré des nuits entières avant que, peu à peu, le temps atténue la douleur et laisse place aux souvenirs joyeux.

Puis la vie avait repris son cours auprès de mes jeunes sœurs Sarah et Deborah. Durant les chaudes journées d'été nous allions nous baigner dans la rivière. Puis nous nous allongions sur l'herbe tendre à l'ombre des pins en nous délectant de figues séchées et de dattes. Nous nous amusions les unes des autres en nous inventant des amoureux beaux comme les garçons que nous croisions lorsque nous nous promenions en ville. Nous allions au temple chaque semaine afin d'y recevoir une éducation religieuse. Je ne comprenais pas toujours ce que les prêtres enseignaient et leurs paroles graves m'ennuyaient. Nous n'avions pas le droit de rire, nous devions simplement écouter en silence et ne pas poser de questions. Parce que nous étions des filles, nous n'avions pas à penser comme le faisaient les hommes. C'était la loi et les traditions, et il fallait les respecter, même si elles nous paraissaient absurdes. Enfermée dans des murs qui sentaient le vieux, je somnolais souvent lors des discours monotones de nos tuteurs et mon esprit s'envolait vers la rivière. Une fois les cours terminés, nous y courions en criant et en riant. Nous nous sentions alors vivantes et libres, totalement libres. Ma mère nous avait appris à cuisiner, à coudre et à tisser, car il fallait préparer les filles à devenir des femmes. C'était ce que sa mère avant elle, sa grand-mère et toutes les générations de femmes de la famille qui les avait précédées avaient toujours fait. Mais je me sentais souvent insatisfaite. Il y avait au fond de moi un sentiment diffus que je ne parvenais pas à m'expliquer. J'aimais souvent me retrouver seule avec mes rêves et mes pensées. Je me passionnais pour les étoiles et leur beauté qui illuminait le ciel chaque nuit. Je m'allongeais à même le sol et les contemplais durant des heures. L'univers me semblait si vaste et si mystérieux... Qui allumait ces milliers de petites lumières au crépuscule ? Qui les faisait se mouvoir de façon si régulière et si précise ? Tout semblait si parfait, là-haut, en comparaison de nos vies si courtes ici-bas, emplies de tant de larmes et de souffrance.

J'avais toujours eu l'impression qu'il manquait quelque chose à mon existence pour qu'elle soit complète et épanouie. Quel était donc le sens profond de ce mal-être qui s'était accru au fur et à mesure que je quittais l'enfance pour devenir une jeune femme ?

Un jour, j'avais parlé de ce trouble aux prêtres mais leurs réponses à mes interrogations ne m'avaient guère satisfaite. Ils m'avaient abreuvée des mêmes vieilles phrases obscures tirées de leurs livres et exhortée à ne pas me poser de questions. Dieu savait ce qui était bon pour moi, et ma seule préoccupation devait être de conserver ma virginité jusqu'à mon mariage. Les choses du sexe étaient sales et devaient être exclusivement réservées à la procréation. Je devais donc éviter la compagnie des garçons et ne pas avoir de pensées impures. C'est Dieu qui l'ordonnait à travers leur bouche, donc c'était la vérité. J'avais alors pensé que cet être qu'ils nommaient ainsi et dont ils se faisaient les porte-parole était une sorte de tyran invisible car s'il m'avait créée, alors pourquoi m'avait-il donné cette curiosité insatiable envers la vie ?

J'avais décidé de passer outre ces interdictions pour explorer les plaisirs de l'amour et rencontrer des garçons de mon âge. Pourtant, le grand amour restait à découvrir. Je finissais par penser que ma vie trouverait son sens le jour ou je scellerais mon destin à celui d'un mari face à l'autel du temple, que le mariage ferait de moi une femme épanouie. C'est ce que je voulais croire.

Durant cette période, j'avais commencé à observer les femmes autour de moi et m'étais rendu compte à quel point les hommes qui dictaient les lois de la cité n'avaient que peu de respect pour elles. J'avais trouvé cela fort injuste, mais que pouvais-je y faire ? Les choses avaient toujours été ainsi et tout changement mettrait en danger l'organisation de la société.

Les femmes étaient nées inférieures, elles devaient s'effacer derrière les hommes. C'était écrit dans les livres sacrés et elles devaient donc se soumettre à ces règles.

Yeshua m'avait écoutée en silence et paraissait très attentif à mes propos.
— Et puis, il y a quelques mois, j'ai cru que mon désir allait se concrétiser. Peu de temps après l'avoir rencontré, Tamar a demandé ma main. Mais l'homme que j'avais pris pour un agneau était en fait un loup, et quelques semaines avant la cérémonie j'ai annulé le mariage.
Je pris une longue inspiration.
— Voici, en quelques mots, mon histoire. Et mes pas m'ont menée ce matin vers toi pour t'écouter parler, Yeshua.
Son regard était resté doux et compatissant. Il prit lentement mes mains dans les siennes et me sourit en silence.
— Je dois reprendre ma route car on m'attend dans deux jours à Bethsaïde mais je passerai par Magdala à la prochaine nouvelle lune. Comme je te le disais un peu plus tôt, aucune rencontre n'arrive par hasard. Parfois, lorsque les destins de deux êtres se croisent sur le chemin de la vie, ils ont l'impression de se reconnaître. C'est ce que j'ai ressenti

lorsque je t'ai vue tout à l'heure, pour la première fois, et je pense que toi aussi, tu l'as compris.
Je sentis la chaleur monter brusquement à mon visage. Je ne savais quoi répondre.
— Voudrais-tu m'accompagner sur les routes et les collines de Galilée, de Judée et de Samarie pour m'aider dans ma mission ?
Mon cœur se mit à battre très fort et je balbutiai maladroitement un oui.
— Prends le temps de réfléchir à ma proposition en attendant mon retour. Ce n'est pas une décision aisée car elle implique de passer beaucoup de temps loin des tiens. Dans la vie, tout est une question de choix. À tout moment, nous pouvons décider de suivre le chemin qui part à gauche ou celui qui part à droite, mais à chaque fois, cela implique un renoncement. C'est notre liberté et notre responsabilité. Parles-en avec ta famille, avec tes amies, et garde en mémoire que si nos choix nous rendent plus heureux et meilleurs, alors nos proches les accepteront.

IV.

Les semaines qui avaient précédé le retour de la nouvelle lune, et celui de Yeshua, m'avaient paru longues. J'avais recouvré toute ma vitalité et eu de longues discussions avec ma mère. Je lui avais raconté ma rencontre avec la vieille femme et les propos qu'elle m'avait tenus. Lorsque je lui fis part de ma décision de suivre Yeshua et de l'assister dans sa mission, elle s'en offusqua d'abord.

— Ma fille, tu ne sais rien de cet homme. Il est peut-être mauvais ! Et comment vit-il ? Il mène une vie de nomade ! Il y a beaucoup de guérisseurs et de prédicateurs qui parcourent nos provinces, et parmi eux beaucoup abusent de la naïveté des gens. Comment es-tu sûre qu'il ne te vendra pas comme esclave à une tribu d'Iturée ? Oh, mon Dieu, je ne veux même pas y penser, ma fille vendue comme esclave !

Elle pleura beaucoup. Puis comme toute mère qui aime ses enfants, elle comprit que mon bonheur en dépendait et finit par me bénir en me souhaitant bonne chance. Elle qui avait rêvé pour sa fille d'une existence stable auprès d'un époux généreux acceptait à présent que je suive une route différente et mène une vie nomade. Elle avait renoncé à me juger. Elle pensait que j'avais déjà suffisamment souffert à cause de Tamar et remettait maintenant mon sort entre les mains du Créateur. Il lui restait mes deux sœurs et elles, au moins, ne s'écarteraient pas de la norme. C'était un genre de consolation pour elle.

La nouvelle lune était arrivée et, un matin, je quittai la maison. J'emportais avec moi un grand sac en peau de chèvre qui contenait des vêtements, une gourde d'eau fraîche et quelques fruits secs. Ma mère et mes sœurs me regardèrent partir les larmes aux yeux. J'étais à la fois triste et heureuse, le cœur gonflé d'espoir et d'une envie de croquer la vie à pleines dents.

— Je vous promets d'être prudente, je reviendrai vous voir très vite, leur lançai-je en m'éloignant.

— *Shalom*, Miriam ! Que Dieu te guide et te protège !

Yeshua m'attendait comme prévu à l'entrée de Magdala, à l'ombre des dattiers, près du vieux puits. À l'instant précis où nos regards se croisèrent, un frisson traversa tout mon corps. Il me sourit. Je savais à présent que ma vie avait trouvé son sens. Je me sentais soudain libre et mon âme exultait de joie. La cuirasse invisible qui m'avait enveloppée depuis de longues semaines venait enfin de se briser. Je me sentais légère et pleine d'une vie nouvelle.

— *Shalom*, Miriam ! Je suis si heureux de te revoir ! J'ai si souvent pensé à toi sur les routes !

— *Shalom*, Yeshua ! Je suis si heureuse moi aussi ! J'ai tellement pensé à toi et aux paroles que tu as prononcées ! J'ai décidé de t'accompagner sur les routes. Tu sembles connaître les mystères de la vie et tes mots de sagesse ont su toucher mon âme bien mieux que ne l'ont jamais fait ceux des prêtres, lorsque je cherchais auprès d'eux des réponses à mes questions. Les sermons que j'ai entendus dans les temples parlent surtout d'interdits et de peurs. Ils injectent dans le cœur des gens le venin de la culpabilité. Leurs phrases rigides et mortes enferment et enchaînent.

— Tu as tout à fait raison, Miriam, répondit-il. C'est pourquoi il est important d'aider les gens à se libérer de ce carcan. Es-tu prête ?

— Oui, je suis prête !
Il plongea à nouveau profondément ses yeux dans les miens. Il saisit mes mains et posa un baiser sur ma joue.
— Mettons-nous en route. Une longue tâche nous attend.
Il jeta alors son bagage sur son épaule et nous commençâmes à marcher en silence. Alors que nous nous éloignions de la cité par un petit chemin de terre, je me retournai une dernière fois pour contempler le lac. Je devinai au loin la silhouette de la maison familiale et sentis les larmes monter en revoyant des images furtives du passé.
— Tu es libre de revenir ici à tout moment, Miriam. Et il est encore temps de changer d'avis.
— Non. Tu l'as dit toi-même, une longue tâche nous attend. Marchons, maintenant.

V.

C'étaient les heures les plus chaudes de la journée et nous avions pris la direction du sud, vers la cité de Tibériade. Le chemin longeait le lac et nous faisions des haltes régulières pour nous rafraîchir le visage dans ses eaux. Yeshua avançait d'un pas léger et ses sandales en cuir semblaient effleurer le sol, évitant soigneusement les cailloux acérés. Ma démarche était moins assurée que la sienne et il s'en rendit compte.

Nous arriverons bien assez tôt à notre prochaine étape, Miriam. Nous marcherons à ton rythme. Il est important de profiter du voyage et d'apprécier le spectacle que la nature nous offre. Sa beauté est accessible à chacun. Bien des voyageurs gardent l'esprit concentré sur leur destination et ils en oublient les agréments du chemin. Tu vois, au loin, ces sommets escarpés de l'autre côté du lac ? Ils dessinent parfaitement le ciel comme si une main invisible les avait sculptés uniquement pour le plaisir d'être regardés. Ceux qui gardent les yeux fixés sur la route ne les voient pas et c'est bien dommage !

Je décidai d'ouvrir totalement ma conscience à la beauté du paysage et d'être pleinement présente à la richesse de la vie qui nous entourait. Yeshua poursuivit :

— As-tu entendu ce bruit sec à la surface du lac ? C'est un poisson qui est venu gober une libellule imprudente et qui replonge maintenant sous les eaux. Entends-tu le chant des cigales, des grillons et des sauterelles qui nous saluent dans les herbes, au bord du chemin ? Une vie grouillante et invisible se manifeste en permanence à nos côtés mais bien peu savent la voir. Élève maintenant ton regard vers le ciel. Vois-tu cet aigle magnifique qui plane, majestueux ? Sais-tu que de là-haut, ses yeux peuvent non seulement embrasser toute la vallée, mais également percevoir le mulot caché au milieu des joncs ou le serpent qui glisse entre les pierres ? N'aimerais-tu pas, comme lui, regarder le monde d'en haut ?

Nous nous étions arrêtés un instant pour admirer l'oiseau. Je pris de profondes inspirations et l'air qui gonflait mes poumons m'étourdit agréablement.

— C'est bien, Miriam. Emplis-toi de ces senteurs de pin et d'olivier, de ces parfums légers et délicats que nous offrent les milliers de fleurs. Nous ne sommes jamais seuls lorsque nous marchons dans la nature, mais bien peu d'êtres savent ouvrir leurs sens et percevoir cette richesse.

Un moineau blanc virevolta soudain devant nous et se posa sur une branche, bientôt suivi par d'autres.

— Vois ces oiseaux, Miriam. Ils ne sèment ni ne récoltent, ni ne stockent dans des granges, pourtant la vie en eux sait comment les nourrir. Et ces fleurs sur les berges du lac ne tissent ni ne filent, et pourtant leurs habits sont plus magnifiques que toutes les créations des hommes. C'est la vie qui les vêt ainsi. Les humains s'inquiètent constamment et se font en permanence du souci quant à leur nourriture ou leurs biens matériels. Il est normal de se faire du souci, mais s'ils se laissaient guider par la vie, ils comprendraient que ces choses-là leur viennent alors aisément et naturellement. S'ils cherchaient et trouvaient ce que je nomme le Royaume des Cieux, le Mystère, alors toutes ces choses leur seraient données. Mais bien peu trouvent ce Royaume car bien peu savent réellement où le chercher. Ceux qui en ont entendu parler le cherchent bien souvent à l'extérieur alors qu'il se trouve déjà en eux. C'est leur essence, leur Centre sacré qui ne connaît ni peur, ni manque, ni maladie et où règnent la paix, la joie, l'abondance et la santé. C'est là le cœur de mon enseignement, Miriam, et je te donnerai les clés pour y accéder.

Ces paroles mystérieuses renfermaient une sagesse profonde. Un sentiment de paix et d'harmonie m'envahit peu à peu.
À la nuit tombée, nous fîmes halte dans un petit village de pêcheurs. L'un de ceux-ci nous offrit l'hospitalité et, après avoir partagé avec lui des poissons grillés assaisonnés de poivre noir et d'huile d'olive, nous nous assoupîmes dans une tente sous les étoiles. J'étais épuisée.

Nous reprîmes la route au petit matin. Un ciel pur et lumineux épousait les eaux bleues du lac, l'atmosphère était calme et paisible, et l'ocre des montagnes colorait l'horizon. À l'heure où le soleil était au zénith, nous nous reposâmes quelques instants près d'un puits, à l'ombre d'une palmeraie.
— Ces arbres au milieu du désert sont une bénédiction pour le voyageur, me dit-il. Tes pieds te font souffrir, Miriam. Je vais les soulager.

Il remonta de l'eau fraîche du fond du puits et broya patiemment sur une pierre quelques herbes qu'il avait sorties de son sac.
— Je prépare une lotion à base de plantes sauvages qui apaisera la douleur sur ta peau.
En les mélangeant à l'eau, il obtint une sorte de baume qu'il appliqua sur mes pieds endoloris.
— Tes chevilles sont délicates et ta peau est douce, me dit-il en les massant doucement. Les premiers jours de marche sont toujours difficiles mais ce traitement va alléger tes pas.
La sensation du baume et le contact de ses mains firent merveille. Il avait exercé sur la plante de mes pieds de fortes pressions à l'aide de ses pouces et j'avais senti la fatigue disparaître progressivement. Puis il avait repris le lent massage de mes chevilles dont les articulations étaient redevenues légères.
À la fin de ce traitement, je me sentis à la fois détendue et pleine d'énergie. Je lui aurais volontiers confié le soin de mes pieds durant de longues heures mais nous devions reprendre la route. Il me sourit.
— Je les soignerai de nouveau ce soir, lorsque nous ferons halte pour la nuit.
— Merci, Yeshua, merci beaucoup. Où as-tu ainsi appris à soulager les maux par les plantes ?

— Je crois que j'ai toujours su comment les utiliser. Mais ce sont des sages vivant à Safed, en haute Galilée, qui m'en ont appris les secrets. Ces hommes consacrent leur vie à percer les arcanes de l'univers et ils connaissent parfaitement les pierres, les arbres et les herbes. Ils parlent le langage de la nature.

— Peux-tu tout soigner par les plantes ? lui demandai-je.

— Pratiquement tout, et ça n'est pas difficile pour qui connaît leurs propriétés. Par exemple, lorsque tu souffres de tristesse et de mélancolie, caresse délicatement quelques branches de romarin et laisse-toi imprégner par le parfum qu'elles auront laissé sur ta peau. Puis fais-en une infusion qui allégera ton esprit. Si ta digestion est lourde, des feuilles de menthe fraîche sauront la soulager. Si l'air circule difficilement à travers tes narines, respire la vapeur d'une poignée d'aiguilles de pin baignant dans de l'eau bouillante. L'origan aura quant à lui raison des champignons qui affectent la peau, et une application d'ail frais sur une piqûre d'insecte arrêtera instantanément son effet déplaisant. Vois-tu, pour qui connaît leurs secrets, les plantes peuvent traiter de nombreux maux.

Plus tard, alors que nous nous approchions d'un village isolé, un gros chien noir surgit soudain des buissons en aboyant férocement. Son attitude menaçante nous empêchait à présent d'avancer et je sentis la peur m'envahir. Je me cachai derrière Yeshua et saisis sa main.

— N'aie crainte, Miriam. Il est certainement plus apeuré que toi. En faisant tant de bruit, il cherche avant tout à se rassurer lui-même. Si tu ne montres aucune peur et aucune animosité à son égard, il se calmera bien vite. Peut-être qu'un berger lui a donné des coups de bâton ou que des enfants lui ont jeté des pierres ? Alors il cherche maintenant à se protéger car il ignore si nous sommes des amis ou des ennemis, et il anticipe une attaque de notre part. Il s'agit là d'un simple mécanisme de défense.

Yeshua s'agenouilla alors à la hauteur du chien et tendit une main vers lui. Intriguée par ce geste, la bête cessa peu à peu d'aboyer et, après un moment d'hésitation, s'approcha de l'homme. Quelques caresses plus tard, le chien nous accompagnait joyeusement vers le village.

— Les humains agissent souvent de la même façon lorsqu'ils se sentent menacés, reprit Yeshua. Ils deviennent agressifs, ils crient parfois et se mettent en colère. La peur de l'autre engendre la violence. Vois-tu, si quelqu'un te fait du mal ou commet une injustice à ton égard, cela va te mettre en colère. Ton esprit va perdre sa quiétude et tu vas ressasser l'événement encore et encore. Éventuellement, tu voudras à ton tour nuire à cette personne et te venger d'elle. Ajoute à cette agitation de ton âme celle d'autres individus pareillement agités et, finalement, c'est toute une société qui se trouve dans la confusion mentale et l'agressivité. Puis c'est un pays entier, et cela pourra aboutir à une guerre entre deux nations dont les habitants auront perdu tout contrôle sur leurs propres réactions. Pourtant, les choses peuvent être différentes car c'est la responsabilité de chacune et de chacun de refuser de nourrir une telle attitude. Nous devons apprendre à faire preuve de plus de compassion et de sagesse. Cela éviterait bien des tourments inutiles. Nous devons apprendre le pardon. Je t'en reparlerai.

Je me rendais compte à quel point Yeshua était différent de tous les hommes que j'avais connus. Son charisme et sa profonde sagesse me fascinaient. Et l'amour prenait peu à peu possession de mon cœur.

VI.

Tibériade était une cité commerçante de taille moyenne et nous nous rendîmes au bord du lac, là où les pêcheurs débarquaient leurs paniers en osier chargés de poissons. De nombreuses personnes nous saluaient, et Yeshua semblait très populaire ici. Un homme à la peau cuivrée était affairé à réparer ses filets sur la berge. Lorsqu'il nous vit approcher, il nous lança un large sourire en nous faisant un signe de la main.

— *Shalom*, Yeshua ! Te voici donc de retour parmi nous !

— *Shalom*, Jacob ! Comment vas-tu, mon ami ?

— Je vais bien, merci. Nous sommes dans une bonne phase de lune et le poisson est abondant en surface. Les quatre jours qui suivent la nouvelle lune sont toujours bons. Ensuite, le vent d'est se met à souffler et le poisson replonge dans les

profondeurs. Alors, nos filets sont moins remplis. La pêche est ainsi, parfois bonne, parfois non.
— Tu es un homme sage, Jacob. Tu sais lire la nature. Vois-tu, Miriam, continua Yeshua en se tournant vers moi, la vie fonctionne ainsi. Le jour succède à la nuit, le printemps à l'hiver, la bonne pêche à la mauvaise. Rien ne dure vraiment. La roue tourne toujours, alors nous devons faire preuve de foi et de patience lorsque les vents nous sont contraires.
Nous nous rendîmes chez Jacob, et sa femme Sarah nous accueillit à bras ouverts. Dans le petit jardin derrière la maison, elle nous fit goûter l'excellent vin que le frère de Jacob produisait sur les collines environnantes. Puis elle fit griller de grosses écrevisses qu'elle servit assaisonnées d'épices. Je me régalai. Ces gens humbles savaient apprécier les choses simples, et ils prenaient un plaisir évident à partager avec les autres. Bien des gens de la cité devraient s'en inspirer. Ici, même si la vie était parfois difficile, ses saveurs étaient profondes et authentiques. J'aimais ces gens parce qu'ils étaient vrais.
Alors que nous terminions notre repas, un homme se présenta à la porte. Il s'agissait d'un voisin qui

souhaitait s'entretenir avec Yeshua. Sarah le fit entrer dans le jardin.
— *Shalom*, Maître ! Mon nom est Simon. Je viens d'apprendre ton arrivée parmi nous. Je te serais infiniment reconnaissant de pouvoir répondre à ma requête. Vois-tu, j'habite à quelques maisons d'ici et ma fille Hanna est souffrante. Depuis des jours et des nuits, elle est agitée par une forte fièvre qui ne diminue pas. Je crois qu'elle se meurt peu à peu et je crains qu'elle ne nous quitte bientôt. Les médecins ne savent pas quel est son mal et la remettent entre les mains de Dieu, ils nous ont même conseillé de faire venir un prêtre à son chevet pour sauver son âme avant qu'elle ne retourne vers le Créateur. Ma femme et moi sommes totalement désespérés. Nous ne savons que faire pour la soulager. Peut-être peux-tu venir la voir ? Nous savons que tu as guéri de nombreuses personnes par imposition des mains et par des herbes.
— *Shalom*, ami ! Il n'est pas de douleur plus grande que celle de perdre un enfant. Mène-moi à ta fille.

J'accompagnai Yeshua chez Simon qui vivait dans une modeste maison en brique jaune, à quelques pas de chez Jacob. Yeshua souleva le rideau qui masquait l'entrée de la chambre d'Hanna et s'approcha de son lit. La petite fille respirait difficilement et semblait inconsciente. La fièvre la faisait délirer et des sons inaudibles sortaient de sa bouche. Elle transpirait beaucoup et sa mère, Léa, lui épongeait le front en permanence.

— Quel âge a-t-elle ? demanda Yeshua.

— Elle a neuf ans, Maître, répondit Simon.

— Depuis combien de temps est-elle dans cet état ?

— Cela fait maintenant plus de dix jours. Elle a brusquement perdu connaissance un soir, alors qu'elle avait passé l'après-midi avec ses amies à jouer dans les collines. J'ai pensé d'abord qu'elle avait été mordue par un serpent ou piquée par un scorpion. Ou qu'elle avait peut-être mangé des baies dangereuses. Ou encore qu'elle avait bu de l'eau dans un mauvais ruisseau. Mais j'ai interrogé ses amies et rien de tout cela ne s'est passé. Je ne sais pas, je ne sais vraiment pas. J'ai si peur qu'elle s'en aille.

Simon était abattu. Il prit son visage dans ses mains en pleurant. Léa l'enlaça tendrement.

Yeshua appliqua alors l'une de ses mains sur le front d'Hanna et l'autre sur son ventre. Il prit une profonde inspiration puis ferma les yeux.

— Le corps d'Hanna lutte contre un envahisseur étranger. Quelque chose s'est installé dans son organisme et tente de se reproduire à ses dépens. Toutes les énergies de votre fille sont utilisées pour combattre cet intrus qui va la détruire si rien n'est fait. Mais la lutte est inégale et Hanna perd peu à peu la bataille. J'ai besoin d'être seul avec elle quelqucs instants.

Nous quittâmes la chambre et nous attendîmes, inquiets.

Yeshua réapparut au bout d'un long moment. Les traits de son visage étaient tirés. Il paraissait fatigué mais il souriait.

— J'ai imposé les mains sur votre fille et lui ai transféré de l'énergie pour renforcer la sienne. Sa respiration s'est calmée à présent. Voici des herbes sèches que je vous demande d'infuser et de lui faire boire toutes les heures lorsqu'elle se réveillera, puis trois fois par jour durant une semaine. Demain matin, elle devrait recouvrer ses esprits, et d'ici quelques jours, elle sera totalement rétablie.

Le lendemain matin, Hanna reprenait conscience. Elle était guérie.

Simon vint nous annoncer la nouvelle au petit matin, alors que nous nous apprêtions à reprendre la route après la nuit passée chez Jacob. Son visage rayonnait et il ne pouvait retenir sa joie.

— *Toda*, Maître. *Toda raba*. Merci, merci, mille fois merci ! Hanna a repris conscience pour la première fois depuis qu'elle est tombée malade. Les médecins et les prêtres avaient tué tout espoir mais toi, tu l'as sauvée. C'est un miracle, un véritable miracle !

— Je suis heureux qu'elle soit tirée d'affaire, Simon. Tu penses que j'ai réalisé un miracle mais c'est la vie en Hanna qui l'a sauvée. J'ai simplement apporté à son corps l'énergie supplémentaire qui lui faisait défaut pour vaincre le mal. C'est un processus naturel. Les hommes et les médecins ignorent souvent tout de ces énergies que l'on peut vivifier. Vois-tu, Simon, si un animal se coupe la peau contre une pierre acérée ou un buisson d'épines, la vie en lui va réparer la blessure et la cicatriser sans aucune intervention de sa part. S'il se brise un os, la vie en lui va le ressouder. Il y a une énergie mystérieuse à l'œuvre dans tout être vivant et je me contente de faciliter son travail en écartant ce qui peut la gêner et en utilisant quelques herbes médicinales. C'est un savoir très ancien mais qui a été oublié peu à peu. L'humanité tout entière pourrait pourtant en bénéficier si les hommes voulaient s'y intéresser à nouveau.

Sur le chemin qui nous menait vers Nazareth, je ne pus m'empêcher de repenser à la guérison de la petite fille. Je savais que les guérisseurs obtenaient parfois des résultats étonnants là où la médecine ne pouvait apporter de solution, mais c'était la première fois que j'assistais à une telle expérience et j'en fus fortement impressionnée.

Nous fîmes halte sous un grand cèdre en bord du chemin. Le soleil devenait de plus en plus vif et l'ombrage offert par le grand arbre nous rafraîchit. Nous partageâmes l'eau de la gourde en savourant des oranges juteuses. Je questionnai Yeshua :

— Je comprends que ce que tu as fait en guérissant cette petite fille soit pour beaucoup considéré comme un miracle, c'est si inhabituel.

— Vois-tu, Miriam, les gens attribuent à des interventions divines, à la magie ou aux miracles ce qu'ils ne comprennent pas. Les religions vont affirmer que c'est l'œuvre de Dieu si l'événement permet de renforcer leur pouvoir et leur influence, et que c'est l'œuvre de Satan si elle va à l'encontre de leurs intérêts. Elles ne chercheront pas à étudier le phénomène objectivement, elles lui appliqueront leur jugement. C'est dommage car nous ignorons bien des choses à propos de la vie. Ce que nous savons n'est rien comparé à ce que nous ignorons. L'univers est si vaste et traversé par tant de forces et d'énergies mystérieuses. Mais les hommes restent bien souvent aveugles à ce fait et se contentent de vivre des existences pauvres et limitées. Ils s'effraient de la puissance des orages qui grondent dans le ciel et lancent vers le sol leurs éclairs brûlants. Ils se figent de frayeur lorsque la terre tremble sous leurs pieds. Ils ne peuvent contenir la furie des eaux lorsque celles-ci tourbillonnent violemment en emportant tout sur leur passage. Ils attribuent la cause de ces événements au courroux d'un dieu qui veut les punir parce qu'ils ont pêché, mais ce ne sont que des phénomènes naturels, rien d'autres que des forces en mouvement qui s'attirent ou s'opposent.

Il fit une courte pause et but une longue gorgée d'eau fraîche.

— Il existe pourtant une énergie de vie qui emplit et enveloppe toute chose. C'est elle que j'utilise lorsque je guéris. Je ne peux expliquer ce qu'elle est vraiment mais je sais qu'elle existe et je l'utilise. C'est cette énergie qui anime toute la création et peut être dirigée pour le bien de tous et de chacun. D'autres civilisations que la nôtre, qui vivent bien loin à l'est, l'ont découverte et l'utilisent depuis des siècles. Elles savent comment rétablir l'équilibre dans l'âme et le corps en la dirigeant à des fins thérapeutiques. Cette mystérieuse énergie est infinie, elle n'a ni commencement ni fin. Elle n'est pas née et ne meurt pas. Elle est à l'origine de tout et disponible pour tous, en tout lieu et à tout moment. C'est là le véritable sens de mon message, je voudrais permettre à tous de la découvrir pour devenir à même de soulager et d'enrichir leur existence grâce à elle. Alors, ce que les hommes appellent miracle deviendra chose commune.

VII.

À la nuit tombée, nous fîmes halte au milieu du désert. Nous arriverions à Nazareth dans deux jours et nous nous installâmes dans les ruines de ce qui avait dû être une grange à chèvres. Seuls subsistaient quelques murs de pierre brûlés par le soleil. Le toit avait disparu depuis bien longtemps et je me réjouis à l'idée de dormir sous les étoiles. J'aidai Yeshua à ramasser du bois sec et des brindilles pour allumer le feu puis il sortit de son sac une petite jarre en terre cuite dans laquelle il versa de l'eau. Il la fit bouillir puis prépara une infusion à base de menthe séchée et de thym. À l'abri entre de petits rochers, il disposa quelques cristaux de myrrhe et de la résine couleur miel qu'il avait tirée de l'arbre à encens d'Oliban. Il en approcha un bouquet d'herbes enflammées, et un parfum envoûtant emplit peu à peu l'atmosphère. Je le regardais faire en silence. Une question me brûlait les lèvres depuis notre rencontre et je m'adressai alors à lui :

— Qui es-tu vraiment, Yeshua ? Es-tu un saint, es-tu un prophète ? Es-tu un dieu ?

— Rien de tout cela, Miriam. Je ne suis ni un saint, ni un prophète, ni un dieu, répondit-il en souriant. Je ne suis qu'un homme, mais un homme peut-être un peu plus libre et plus sage que les autres. Je vais là où l'on a besoin de moi et j'apporte mon aide aux êtres qui souffrent dans leur corps ou dans leur âme. Te souviens-tu de mes paroles lorsque tu m'écoutas pour la première fois sur la place ? Je faisais souvent référence au père en moi et je répétais régulièrement que c'est le père en moi qui fait les œuvres. Ce que je nomme ainsi n'est pas une personne physique, bien sûr. Il s'agit d'une métaphore qui désigne cette énergie dont je t'ai parlé, cette forme d'intelligence qui est à l'œuvre dans l'univers et à laquelle il est possible d'avoir accès. C'est la Source de toute vie qui permet à celui qui s'unit à elle de réaliser ce que les hommes appellent miracle. J'ai simplement appris à me connecter à cette Intelligence universelle, à cette lumière qui est à l'origine de tout, qui traverse tout et dont nous sommes chacun une expression. Et vois-tu, ce que je

fais, tout le monde peut également le faire. C'est là le sens de mes paroles lorsque je dis : « Le Royaume des Cieux ne se trouve pas ici, pas plus qu'il ne se trouve là. Il se trouve à l'intérieur de vous. »
Les effluves mystiques et enivrants de la myrrhe et de l'encens d'Oliban imprégnaient peu à peu tout mon être et je me sentais envahie par une sensation agréable. J'étais totalement détendue et en paix avec moi-même. Dans la nuit, les flammes se reflétaient dans les yeux de Yeshua et les rendaient encore plus brillants que d'ordinaire. Les ombres et la lumière dansaient sur son visage, lui donnant un aspect encore plus mystérieux. Il me regarda en souriant.
— Bonne nuit, Miriam, dors en paix.
— Bonne nuit, Yeshua, dors en paix toi aussi.
La femme en moi se sentait de plus en plus irrésistiblement attirée par cet homme si différent. Je devais me rendre à l'évidence, j'étais en train de tomber amoureuse.

Lorsque je m'éveillai au petit matin, Yeshua était déjà levé. Je le vis un peu plus haut, sur les rochers qui surplombaient la bergerie. Il était assis en tailleur à même la roche, face au soleil levant. Ses mains reposaient paumes vers le haut sur ses genoux et ses yeux étaient fermés. Il resta ainsi immobile durant de longues minutes et je l'observai en silence. Je n'avais jamais vu personne prier de la sorte, mais peut-être ne priait-il pas ? Puis il étira lentement ses membres en ouvrant les yeux et en inspirant profondément.

— *Shalom*, Miriam ! me lança-t-il en souriant lorsqu'il m'aperçut.

— *Shalom*, Yeshua ! répondis-je. Que fais-tu là-haut ?

— J'aime commencer ma journée de la sorte. Je salue la nouvelle aube et je rends grâce pour ce nouveau jour qui commence et pour tout le bien à venir. Je vide mon esprit des choses d'hier qui l'encombraient et je m'unis consciemment à cette énergie dont je t'ai parlé.

J'étais intriguée et je m'approchai.

— Vois-tu, il y a en chacun de nous une place où règne la paix, un Centre sacré où nous pouvons nous ressourcer, loin des bruits et des tracas du monde. C'est notre propre essence, l'Infini chanté par les sages depuis l'aube des temps. C'est là que se trouve la véritable paix, la sérénité au cœur de cet univers changeant. C'est à l'intérieur de nous, et nulle part ailleurs. Chaque jour est un nouveau commencement, c'est en même temps la première et la dernière fois que nous le vivons avant qu'un autre jour ne lui succède. Il est donc important de le vivre pleinement car il ne reviendra jamais. Les hommes devraient s'efforcer d'apprécier le moment présent et à chaque instant de regarder, d'écouter, de toucher, de sentir, de goûter ce qui les entoure comme si c'était la première fois. Grâce à cette méditation, je me trouve dans de bonnes dispositions pour accueillir tout, le bon comme le moins bon. Mais il se présente généralement plus de bonnes choses que de mauvaises ! Prenons quelque nourriture à présent, puis mettons-nous en route. Il va encore faire chaud aujourd'hui.

À midi, nous fîmes halte dans un village à flanc de colline. Une odeur de pain frais embaumait l'air et nous attira vers un four en terre cuite au milieu d'une place. Quelques vieillards faisaient rôtir des morceaux de poulet sur des braises incandescentes, dans un trou creusé à même le sol. Les autres habitants étaient encore aux champs à s'occuper des oliviers. Nous avions terminé nos figues séchées et nos dattes durant la matinée et nous commencions à avoir faim. Une femme s'affairait près du four à pain et donnait à la pâte sa forme finale avant qu'elle ne disparaisse dans l'étuve.
— *Shalom* ! lui dit Yeshua. Ton pain semble délicieux.

— *Shalom*, étrangers ! Voulez-vous y goûter ? demanda la femme.
— Avec grand plaisir, nous avons marché de longues heures !
Nous nous rafraîchîmes les mains et le visage dans les eaux vives d'une fontaine en pierre puis nous nous installâmes à une table en bois à l'ombre d'un pin.
— Tenez, nous dit la femme, voici de quoi reprendre des forces.
Elle nous apporta de larges tranches d'un pain doré et croustillant encore chaud. Elle les avait vigoureusement frottées d'ail frais et soigneusement imbibées d'huile d'olive.
— Prenez aussi ces tomates fraîches, je les ai cueillies ce matin.
— Je n'ai jamais mangé de pain si délicieux, tu es une cuisinière exceptionnelle, lui dit Yeshua en lui souriant.
— Merci, étranger, mais j'ai un secret. Veux-tu le connaître ?
— Bien sûr, explique-nous donc pourquoi ton pain surpasse de loin tous ceux que j'ai pu goûter auparavant !
— C'est très simple, mon secret, c'est l'amour ! Je vais moi-même choisir les épis qui seront passés à la meule

pour en extraire les meilleurs grains. Puis je choisis les plus souples des farines obtenues et, à chacune de ces étapes, je ne manque pas de remercier le blé pour me faire ainsi don de ses merveilles. Je lui parle, sais-tu ? Je lui murmure comme à un ami très cher que je désire cuire le meilleur des pains car je veux l'offrir au monde comme un don de moi-même. J'aime que les gens soient heureux en mangeant mon pain, j'aime qu'ils sourient, qu'ils s'en régalent. J'aime qu'ils le partagent avec leurs enfants, avec leurs voisins, avec les voyageurs. Vois-tu, c'est un véritable acte d'amour.

Son visage rayonnait lorsqu'elle parlait de son pain. Son regard semblait habité par une présence mystérieuse et sa voix était passionnée.

— Sais-tu pourquoi nous avons tant de vieillards en pleine forme dans ce village ? C'est parce que mon pain, l'ail frais et l'huile d'olive qu'ils consomment chaque jour les maintiennent jeunes et en bonne santé !

En reprenant la route Yeshua me dit :

— Cette femme est une sage. Si chacun mettait autant d'amour qu'elle dans tout ce qu'il fait, alors le travail cesserait d'être un dur labeur pour se transformer en joie.

VIII.

Nous atteignîmes Nazareth le lendemain en fin d'après-midi et Yeshua était visiblement heureux de retrouver sa famille. Il me présenta ses parents. Yosef, son père, travaillait le bois. Il fabriquait des meubles magnifiques qui allaient orner les temples et les riches demeures dans tout le pays. Il avait également construit de ses mains la petite maison qu'il habitait avec sa femme Macha, ainsi que le mobilier intérieur. J'étais fascinée en le regardant travailler dans son atelier.

— Le travail du bois est une activité noble, me dit-il. Je parcours les vallées et je gravis les collines jusqu'à ce que je rencontre l'arbre qui conviendra à ce que je souhaite réaliser. Je pose mes mains sur son écorce et je la caresse longuement. Je lui parle, je ressens ses énergies. Puis je le bénis et remercie la nature pour ce cadeau. Ensuite, je replante toujours un jeune arbre de la même famille à l'endroit où il se trouvait, pour que les générations qui me suivront trouvent elles aussi un arbre à cet endroit. Par ici, il y a beaucoup de cèdres et de pins. Ce sont les bois que j'utilise le plus souvent car ils sont souples à travailler tout en étant fermes et solides, et j'aime leur parfum. Le bois de l'arbre est précieux, Miriam. Il mérite notre respect. Grâce à lui, nous bâtissons nos maisons, nous construisons nos bateaux, nous faisons nos tables, nos chaises, nos lits, nos coffres et nos armoires. En été, son feuillage nous protège du soleil trop vif et en hiver, il nous réchauffe en crépitant dans nos âtres. Grâce à lui, nous pouvons faire cuire nos aliments et infuser nos boissons chaudes. C'est encore lui qui nous offre l'olive dont nous extrayons l'huile aux vertus si nombreuses, ainsi que le citron, l'orange et l'encens d'Oliban aux effluves mystérieux. Pose tes mains sur ce coffre que je suis en train de construire. Peux-tu sentir son bois qui te parle silencieusement ? Entends-tu l'histoire qu'il te raconte, lui qui d'une simple graine est devenu un arbre majestueux qui s'est offert à nous en sacrifice ? C'est un véritable cadeau de la Création.

Nous restâmes trois jours à Nazareth. Lorsque j'aidais Macha à préparer les repas et que nous étions seules, je la questionnais à propos de son fils. Je voulais connaître sa vie d'avant dans les moindres détails mais elle resta très évasive.

— Mon fils est un homme bon, c'est même quelqu'un d'exceptionnel, Miriam ! Mais toute mère te dirait la même chose de son fils ! Yeshua a découvert très tôt sa vocation. Lorsqu'il était enfant, il possédait déjà des dons surprenants. Par exemple, lorsqu'il avait dix ans, il aimait mener les chèvres dans les collines au petit matin. Une fois arrivé là où il souhaitait les faire paître, il traçait un grand cercle invisible sur le sol autour d'elles. Et crois-moi ou non, elles n'en sortaient pas. Et lorsqu'il les ramenait à l'enclos, à la nuit tombée, il n'en manquait jamais une seule. Un jour, son père s'est bloqué le dos en déplaçant un tronc trop lourd. Yeshua lui a naturellement imposé les mains et les vertèbres se sont débloquées. Il a toujours eu en lui le désir d'aider les autres, c'est sa mission dans l'existence et cela le rend heureux. Et comme il est heureux, nous le sommes également.

Je lui demandai de me parler de ses voyages.

— Tu sais, je crois qu'il a du sang nomade dans les veines ! Il a toujours voulu voyager et découvrir d'autres cultures. Il est même allé très loin vers l'est et il y a rencontré des sages aux pouvoirs mystérieux. Il a beaucoup appris des rencontres qu'il a faites durant tous ses voyages et encore aujourd'hui, le désert est sa vraie maison et le ciel son toit. Il ne reste jamais très longtemps au même endroit. Bien que ses racines soient ici et qu'il aime à venir s'y reposer, ses ailes finissent toujours par l'emporter vers l'horizon. Il nous répète souvent que l'homme appartient à la fois à la terre et au ciel.

Un large sourire éclaira son visage.

— Je comprends ta curiosité, Miriam. J'ai remarqué la façon dont ton regard s'illumine lorsque tu parles de Yeshua. J'ai remarqué la lumière qui habite tes yeux lorsqu'ils se posent sur lui. Je connais bien mon fils et si ton cœur bat pour lui, je sais que le sien bat aussi pour toi.

Je sentis mon visage s'empourprer et balbutiai maladroitement quelques mots.

— Oui, je le crois aussi, mais je n'en étais pas certaine. C'est… c'est une chose naturelle, n'est-ce pas ?

— Rassure-toi, Miriam. Tu n'as pas à avoir honte de tes sentiments. L'amour est la chose la plus merveilleuse qu'il nous soit donné de vivre. Tout le monde le cherche et ô combien heureux sont ceux qui le trouvent en chemin. Je suis heureuse que tu accompagnes mon fils, tu es une bonne personne, Miriam. Ton âme brille d'une beauté rare. Va ! Vous avez tous deux ma bénédiction.

Elle m'embrassa, et je sortis dans la cour, les yeux humides et le cœur battant plus fort que jamais.

L'amour existait. Je venais de le découvrir.

IX.

La veille de notre départ, la famille de Yeshua organisa une fête en notre honneur. Son oncle Moshé fit rôtir un agneau et les voisins nous accompagnèrent jusque tard dans la nuit. Le vin coula à flots sur les tables et grisa mon âme. Les musiques joyeuses m'entraînèrent dans leurs danses au milieu des rires. Yeshua était heureux, il était gai comme un enfant insouciant qui s'abandonne au plaisir de l'instant.

Il me dit :

— Il y a un temps pour tout, Miriam. Un temps pour pleurer et un temps pour rire. Un temps pour travailler et un temps pour se reposer. Un temps pour soi-même et un temps pour les autres. Un temps pour penser et un temps pour danser. Un temps pour être sage et un temps pour être fou. Ce soir, buvons ! Pour qui sait le saisir, le bonheur se trouve partout !

Puis une femme entonna un chant traditionnel nostalgique parlant d'un peuple vaincu par un oppresseur et qui avait dû quitter sa terre natale. Sa voix poignante évoquait l'exil, l'esclavage et l'espoir de revenir un jour. Les paroles étaient émouvantes et la musique triste. Nous étions tous assis autour du feu, à même le sol, et écoutions en silence. Je me blottis contre Yeshua et il me serra tendrement contre lui. Il posa un baiser sur mon front puis nous commençâmes à chanter avec la femme. Bientôt, toutes nos voix s'unirent en un chœur improvisé. Nos âmes ne formèrent plus qu'une seule grande âme portée par une vague d'émotion pure. La beauté de la musique avait entrouvert une porte vers le Mystère. Nous sentions Sa présence.

Le lendemain nous quittâmes Nazareth et Yosef m'offrit un bâton de marche qu'il avait sculpté pour moi.
— C'est un présent pour toi Miriam, il te soutiendra sur la route lorsque tes pas seront gagnés par la fatigue. C'est du cèdre, il est très solide. Il te rappellera le vieil homme qui aimait le bois, et le respect que nous devons aux arbres.
C'était le plus beau des cadeaux et il toucha mon cœur.

Durant les jours qui suivirent, nous traversâmes de nombreux villages et partout reçûmes le même accueil. Les habitants venaient de plus en plus nombreux pour écouter Yeshua. S'il était extrêmement populaire auprès des petites gens, ce n'était guère le cas chez les notables et les chefs religieux qui le regardaient avec suspicion. Ils se méfiaient de lui et de l'enseignement qu'il dispensait. Le peuple était habitué à travailler, à servir et à payer des taxes. Et cet homme, ce prédicateur itinérant, venait lui parler de liberté et de droit au bonheur. Il lui disait qu'il n'avait guère besoin de temples ni de prêtres pour le guider, que le temps était venu de boire un vin nouveau et d'abandonner les outres anciennes. Il lui enseignait que les règles et les dogmes religieux avaient été créés par des hommes qui les utilisaient à des fins de contrôle et de domination, et non par un quelconque dieu. Et que ces mêmes hommes qui menaçaient de tourments éternels quiconque refusait de les suivre se servaient de la crainte de la mort qui habite tout être non éveillé. Si les gens s'émancipaient, cela signifierait la fin de leur pouvoir. Il enseignait aux gens qu'ils pouvaient accéder par eux-mêmes à ce qu'ils nommaient Dieu, car il était disponible pour tous et à tout instant.

Que Dieu n'était pas ce vieil homme assis sur un nuage et prompt à écraser de son courroux de petits hommes terrifiés, mais une énergie puissante et mystérieuse qui se manifestait à travers eux et à travers toute chose. Que le Royaume des Cieux se trouvait au fond de leur cœur et qu'il était de leur droit de le découvrir. Qu'ils étaient tous fils de Dieu et qu'ils n'avaient rien à craindre des foudres de l'enfer dans une après-vie car personne ne s'était jamais relevé parmi les morts pour confirmer ce qui s'y passait.

Cet homme venait bousculer les traditions et l'ordre établi.

Yeshua n'avait cure de leur avis et répétait inlassablement à ceux qui venaient l'écouter :

— Les lois religieuses vous oppressent sous un fardeau de superstitions, de dogmes et d'interdits ! Refusez de les suivre, alors vous connaîtrez la vérité et la vérité vous rendra libres !

Un jour de Shabbat, un prêtre en colère l'apostropha.

— Toi, le prédicateur, qui es-tu pour venir violer les lois de nos pères ? Ignores-tu que personne ne doit travailler un jour de Shabbat ? Pourquoi as-tu imposé les mains sur cet homme pour le guérir ? Dieu nous interdit de tels actes et il te punira pour l'avoir oublié !

— Calme-toi, répondit doucement Yeshua. Tu prétends être un homme pieux et le représentant de Dieu sur Terre. Tu prétends également que celui que tu nommes ainsi est le créateur de toutes choses et qu'il est un être bon et compatissant. Alors pourquoi n'es-tu pas toi-même bon et compatissant ? En quoi le fait de guérir un homme le jour de Shabbat va-t-il nuire à ton Dieu ? Pourquoi tant de haine dans tes propos ? Si ton fils tombait dans un puits, attendrais-tu la fin de Shabbat pour le sauver ?

Le prêtre lui lança un regard noir de colère.

— Si mon fils tombait dans un puits un jour de Shabbat et qu'il en meure, alors ce serait la volonté de Dieu. S'il tombait un autre jour, c'est que Dieu voulait que je le sauve, mais pas un jour de Shabbat. C'est sa loi et nul ne peut l'enfreindre !

— Homme de peu de cœur ! Tu laisserais donc mourir ton enfant quand tu aurais aisément pu le sauver ? Dieu n'a jamais dicté de telles lois, c'est toi et tes semblables qui avez créé ces règles et maintenez le peuple dans l'ignorance et la superstition. Quel être pourrait donc laisser mourir son fils parce que des croyances désuètes et dangereuses lui dictent sa conduite ? Seul un être à l'esprit malade peut faire preuve d'une telle cruauté. Cela m'attriste lorsque

je vois que ceux qui se prétendent des guides pour les autres sont en fait incapables de sagesse et de compassion, et sont dominés par des règles aussi absurdes. Ne sais-tu pas que les lois ont été créées pour l'homme et non pas l'homme pour les lois ? Lorsque celles-ci sont mauvaises ou injustes alors il est du devoir de chacun de les rejeter et de ne pas les suivre !
Le prêtre saisit des pierres qu'il lança en direction de Yeshua.
— J'ignore pourquoi tu renfermes en toi tant de haine. Sache que je vais continuer à éveiller les consciences et que ni toi ni tes semblables ne pourrez vous opposer à l'avènement d'un monde plus juste !

Un jour encore, un enfant qui courait sur le chemin vint chuter à nos pieds. En l'aidant à se relever, je notai son regard effrayé. Ses grands yeux noirs me fixaient en silence et des larmes coulaient le long de ses joues. Il regarda en arrière et je compris la raison de sa peur. Un groupe de jeunes garçons accourait en criant et en brandissant des bâtons.
— Aidez-moi, aidez-moi s'il vous plaît, nous dit-il en sanglotant.
— N'aie crainte, lui répondis-je, ils ne te feront pas de mal.

Je le serrai dans mes bras et Yeshua s'avança de quelques pas en direction des poursuivants. Ceux-ci, impressionnés par la haute stature se dressant face à eux, arrêtèrent leur course et leurs cris menaçants. Ils nous regardaient maintenant sans un mot mais leurs regards respiraient la violence et la haine. Ils étaient semblables à une horde de prédateurs prêts à fondre à tout instant sur une proie innocente.

— Pourquoi poursuivez-vous cet enfant avec tant de fureur, demanda Yeshua ?

— Cela ne te regarde pas, étranger. Tu n'es pas des nôtres et lui non plus n'est pas des nôtres, répondit celui qui semblait être le meneur.

— Qu'entends-tu par « il n'est pas des nôtres » ? Lorsque je vous regarde, vous êtes semblables l'un à l'autre. Je vois deux jeunes garçons aux yeux noirs et aux cheveux bouclés qui n'ont pas l'air bien différents.

— Nous sommes du peuple de Judée et lui est un Samaritain. Les siens sont faits pour nous servir !

— Que racontes-tu là et d'où tiens-tu ces propos ? Tous les hommes naissent égaux et il n'existe pas de peuple supérieur ni inférieur aux autres. Qui donc t'a appris à haïr ceux qui ne sont pas de ton peuple ?

— C'est écrit dans les textes sacrés. Ces gens-là honorent un dieu différent du nôtre et ils ont rejeté la vraie religion, celle de nos pères et de nos prophètes !

— Ce sont donc vos prêtres qui vous ont enseigné la haine de celui qui ne partage pas vos croyances, alors que le rôle d'un homme de foi devrait être d'apprendre l'amour et la tolérance. Réfléchis à cela : lorsque tu étais un tout jeune enfant, avant même que tu ne comprennes le sens des mots, ne jouais-tu pas indifféremment avec chaque enfant quand tu allais à la rivière, sans même te préoccuper de connaître sa religion ou ses origines ? La nature a fait de toi un être ouvert et amical envers tous, alors pourquoi préfères-tu suivre maintenant ce qui t'a été inculqué par tes tuteurs ? Une telle haine n'existait pas en toi avant que tu ne l'aies apprise de vos chefs religieux. As-tu cherché à comprendre celui que tu pourchasses ? Car si tu communiquais pacifiquement avec lui, tu découvrirais que vous partagez plus de points communs que de différences. Tu découvrirais également que vous avez à apprendre et à vous enrichir l'un de l'autre pour votre bien et celui de vos peuples. Est-ce donc plus difficile de vivre dans la paix et la bonne entente que dans la violence et la discorde ? Toi et tes amis apprenez à penser par vous-mêmes et cessez de reproduire les attitudes de ceux qui vous ont précédés parce que ce sont les traditions qui l'ont décidé ainsi ! Car si vous persistez à vivre dans la haine et dans la division, votre vie sera bien difficile et dominée par la peur, et c'est un triste héritage que vous léguerez plus tard à vos propres enfants.

Les visages étaient devenus pensifs et les regards balayaient à présent le sol dans un silence embarrassé.
— Il suffit ! leur dit Yeshua d'une voix forte, jetez vos bâtons et venez vous asseoir autour de moi, j'ai des paroles importantes à vous transmettre.
Il leur parla longuement de liberté, de tolérance et de paix. Il s'entretint avec chacun des jeunes garçons et répondit à toutes leurs interrogations. Ceux-ci posèrent ensuite de nombreuses questions au petit Samaritain et, peu à peu, les accolades et les rires remplacèrent la peur et l'agressivité.
— Les enfants sont l'avenir du monde, me dit Yeshua lorsque nous nous retrouvâmes à nouveau seuls. J'espère que ceux-ci sauront s'en montrer dignes et se comporter dorénavant en êtres humains sages et responsables. Il est si facile de gâcher des vies en implantant des superstitions et des idées

dangereuses dans les jeunes esprits. Et combien il est difficile de s'en défaire lorsque ces croyances ont été implantées avant même qu'ils ne soient à même de discerner le vrai du faux, le bien du mal.

X.

Un matin, nous assistâmes à un spectacle étonnant. Alors que le soleil s'élevait lentement à l'horizon, des dizaines d'oies sauvages survolèrent la plaine. Elles allaient chercher un peu de fraîcheur dans les terres du nord après avoir passé plusieurs mois plus au sud, là où les voyageurs disaient qu'il existait des terres mystérieuses traversées par de grands fleuves et qui regorgeaient d'épices, de bois rares, d'or et de pierres précieuses. Bien des hommes rapportaient des légendes au sujet de peuples d'« hommes-dieux » vivant dans des cités perdues au cœur de vastes montagnes. Certains affirmaient que le jardin d'Éden se trouvait toujours là, à l'écart des humains et à l'abri de leurs convoitises, mais aucun explorateur n'en était jamais revenu pour confirmer la chose.

— Te souviens-tu, un jour tu m'as demandé si j'aimerais pouvoir regarder le monde d'en haut ? demandai-je à Yeshua.
— Je m'en souviens, c'était au tout début de notre voyage, répondit-il.
— J'ai toujours été fascinée par les oiseaux, repris-je. Regarde ce vol d'oies, elles sont si belles, elles semblent si sereines, et pourtant une longue route les attend encore. Elles paraissent si malhabiles lorsqu'elles titubent sur le sol mais quand leurs ailes se déploient et qu'elles prennent leur envol, elles trouvent leur raison d'être et se métamorphosent alors en reines des cieux. Comme j'aimerais pouvoir voler ! Quel sentiment de liberté et de bonheur doivent-elles ressentir lorsqu'elles s'élèvent dans les airs, bien au-dessus des nuages, là où le ciel ne change jamais de couleur ! Qu'il doit être bon de planer et se laisser porter par les vents vers des rivages inconnus ! Je me souviens, lorsque j'étais encore une enfant, j'ai recueilli une colombe qui gisait blessée au bord d'un chemin. Je l'ai délicatement prise contre moi puis l'ai ramenée à la maison. Je lui ai fabriqué un nid de coton et de tissu et je l'ai nourrie. Lorsqu'elle a été guérie, je l'ai placée dans une petite nasse en osier afin

qu'elle ne s'échappe pas. Mais elle y semblait si triste et si malheureuse qu'un matin, j'ai ouvert la porte de la nasse. Elle en est sortie timidement, a secoué ses ailes puis s'est envolée pour se poser à quelques pas sur une branche d'olivier, au milieu du jardin. Elle est restée là à me regarder durant quelques instants et ses yeux semblaient emplis de reconnaissance. J'ai eu l'impression qu'elle voulait me parler, me remercier peut-être. Je lui ai souri puis elle a pris son envol vers le ciel. Je l'ai regardée s'éloigner peu à peu vers l'horizon, le cœur serré mais heureux. Les oiseaux sont libres, je les envie et je rêve souvent qu'ils m'emportent tout là-haut sur leurs ailes au-dessus des mers, des lacs, des rivières, des montagnes et des vallées.

— Je partage ton sentiment, Miriam. Je crois que c'est le rêve secret de tout homme que de pouvoir s'élever au dessus des limitations, des contraintes, des difficultés et des conflits qui sont notre lot ici-bas. Les oiseaux obéissent à leur propre loi, ils ne connaissent ni maîtres ni frontières. L'univers leur appartient et il est bien triste de les voir emprisonnés dans des cages afin de satisfaire le plaisir égoïste ou la cupidité de quelques-uns. Chaque être naît pour être libre, pour vivre en paix et pour exprimer sa vraie nature. Seuls les prêtres et les tyrans pensent le contraire.

Aux côtés de Yeshua, je découvrais un aspect de notre société dont j'ignorais l'existence. J'avais passé mon enfance et ma jeunesse dans une bulle dorée, bien à l'abri de la misère et du besoin. Maintenant, je rencontrais des gens du peuple qui travaillaient dur et constatais les injustices dont ils étaient victimes. Les paysans, qui nourrissaient pourtant les provinces, vivaient bien souvent dans des conditions difficiles et étaient à la merci des éléments. Quand la sécheresse ne détruisait pas leurs récoltes, les autorités romaines en saisissaient une partie et une autre servait à alimenter les riches familles de notables et les grands prêtres qui dirigeaient les cités. Ces derniers assénaient constamment au peuple les mêmes paroles : l'homme est né pour souffrir et il lui faut gagner son pain à la sueur de son front, c'est écrit dans les livres sacrés. Bien sûr, cette règle ne s'appliquait pas à eux et, là aussi, disaient-ils, c'était la volonté divine. Les petites gens n'avaient guère d'éducation et leur vie s'écoulait soumise, pliant sous le fardeau des superstitions et des mensonges savamment entretenus par ceux qui détenaient le pouvoir. Et si quelques-uns parmi

eux commençaient à s'en offusquer et à en discuter avec leurs voisins, la majorité y semblait résignée.
— Nos pères, et avant eux nos grands-pères, travaillaient déjà sans relâche et en toute saison, de l'aube au crépuscule. Les choses ont toujours été ainsi et on n'y peut rien changer, disaient-ils.
Alors que les tenants du pouvoir vivaient dans l'opulence et dans le luxe, la majorité des habitants peinait à nourrir ses enfants.
Je découvris ainsi que la société était fragmentée en trois groupes distincts : les très riches qui écrasaient la population sous des lois et des taxes injustes, la classe moyenne qui travaillait durement afin de simplement survivre et les très pauvres qui vivaient misérablement et ne possédaient rien, pas même leur dignité. Yeshua s'en offusquait souvent :
— Vois-tu, Miriam, il y a en ce monde suffisamment de richesses pour nourrir toutes les bouches. Pourtant, beaucoup d'enfants s'endorment le ventre vide pendant qu'une minorité d'usuriers, de prêtres et de politiciens s'est approprié ce qui appartient à tous. De telles injustices ne sauraient durer éternellement et ceux qui abusent aujourd'hui de leur position devront un jour en subir les conséquences. Malheureusement, tant que les puissants

accorderont plus d'importance à l'or et à l'argent qu'aux valeurs humaines, les hommes continueront à peiner et à souffrir. Ils doivent cesser de confier leur vie à des autorités extérieures et d'attendre qu'un hypothétique berger les sauve. Leur salut est entre leurs mains et il ne viendra que d'eux seuls.

XI.

La popularité de Yeshua grandissait et, partout où nous passions, des foules de plus en plus nombreuses nous accueillaient. Beaucoup de femmes venaient me parler.

— Les hommes s'étonnent que tu accompagnes le Maître. Es-tu son épouse ? Êtes-vous mariés ? Parle-nous de ta vie. Contrairement à nous, tu sembles être une femme libre.

— Pourquoi donc dites-vous que vous n'êtes pas libres ? Vous pouvez décider de l'être à tout instant, dans vos cœurs et dans vos âmes. Puis, lorsque vous serez de plus en plus nombreuses dans ce cas, alors vous deviendrez libres dans vos actes, dans vos maisons, dans vos cités et finalement dans vos vies. Ce sont les prêtres et les traditions de vos pères qui représentent un obstacle à votre liberté. Leurs livres rédigés il y a bien longtemps par des hommes, nous considèrent, nous les femmes, comme des créatures impures et inférieures. Ils nous réduisent au devoir d'obéir et de servir, à celui de procréer et de nous taire, à celui de laver le linge, de pétrir le pain et de faire cuire les repas. Ils nous interdisent les postes à responsabilité dans la cité. Avant que les grands prêtres ne prennent le pouvoir, nous vivions pourtant en harmonie avec les hommes. Mais maintenant, ils appliquent les lois de leur Dieu par peur de l'enfer éternel. Je crois plutôt qu'ils ont peur de nous car c'est nous qui portons la vie et qui la leur donnons. Eux portent plus souvent la mort et ils la donnent aussi. Parfois, ils nous battent. Parfois encore, ils lapident celles qu'ils considèrent comme adultères parce que c'est la tradition. Mais nous sommes de plus en plus nombreuses à dire non à ces injustices. Peu d'hommes et de femmes ont encore le courage de refuser les coutumes car, pour les hommes, elles sont à leur avantage, et pour les femmes, s'opposer à elles signifie risquer la mort. Yeshua nous considère comme des êtres humains à part entière et il nous respecte en tant que tels. Fort heureusement, des voix commencent à s'élever, de plus en plus nombreuses, afin de mettre un terme à ces attitudes barbares. Vous méritez une vie meilleure, vous méritez le respect, vous méritez le bonheur ! Vivez la tête haute et apprenez à dire non à ceux qui vous humilient et vous déshonorent ! Femmes, levez-vous et marchez !

J'étais moi-même surprise des paroles que je venais de prononcer. Cela m'aurait paru inimaginable il y a peu de temps encore. Sous l'influence de Yeshua, j'étais en train de changer et tout mon être semblait se métamorphoser. Je me sentais à mon tour investie d'une mission, j'étais portée par un désir de justice et c'était un sentiment exaltant !

Peu après, une frêle silhouette s'avança timidement de quelques pas dans ma direction. Un voile sombre recouvrait son visage et seuls deux beaux yeux noirs s'en détachaient. Elle s'arrêta, hésitant à plusieurs reprises, et je pouvais lire l'inquiétude dans son regard. Je l'invitai à me rejoindre.

— *Shalom*, ma sœur ! Viens, tu n'as aucune crainte à avoir de moi, lui dis-je.

Elle regarda encore autour d'elle avant de s'approcher enfin.

— *Shalom*, étrangère ! Ce n'est pas toi que je crains, ce sont les hommes de notre communauté qui ont aussi entendu tes paroles. Ils n'aiment pas les femmes qui s'expriment librement. Vois ce qu'ils m'ont fait.

Elle défit lentement son voile et l'horreur me saisit. Une large cicatrice traversait sa joue et défigurait son visage. L'entaille était profonde et les êtres barbares qui l'avaient ainsi marquée avaient fait preuve d'une cruauté peu commune. Je restai quelques secondes interloquée, incapable de prononcer un seul mot, puis je lui pris les mains.

— Viens, allons à l'écart du village où nous pourrons parler en paix.

La jeune femme n'avait pas encore vingt ans et malgré la chair blessée de son visage, sa beauté était restée intacte. Nous nous assîmes à l'abri des regards, sous un grand cèdre, et elle me raconta son histoire.

— Je m'appelle Leyla et j'ai grandi dans les terres du sud. J'étais une enfant curieuse, vive et joyeuse et je vivais heureuse dans les collines. Un jour, une épidémie a emporté mes parents et c'est une de mes tantes qui m'a recueillie. C'était une femme dure et dominée par les traditions. Lorsqu'un riche marchand de passage dans notre province lui a proposé de m'acheter pour beaucoup de shekels afin de faire de moi sa femme, elle m'a vendue à cet homme. J'avais seize ans. C'est lui qui m'a amenée ici où je suis devenue son esclave domestique. Il abusait de moi et me battait souvent car le rôle des femmes est d'obéir et de servir. C'est ce que les lois religieuses imposent à tous et nul n'ose s'y opposer par crainte de l'enfer éternel. Un soir où il m'a frappée plus fort que les autres fois, je me suis enfuie. J'ai marché toute la nuit sous la lune sans savoir vraiment où j'allais. Malheureusement, ses amis et lui m'ont retrouvée le lendemain et il m'a alors entaillé le visage en promettant de me trancher la gorge si je cherchais encore à partir. Il m'a dit : « Tu m'appartiens ! » Je me suis alors résignée à mon sort, mais une petite flamme de liberté a continué à briller en silence au fond de moi. Et puis j'ai entendu tes paroles et celles de l'homme que tu accompagnes et aujourd'hui je veux vivre à nouveau dans la dignité. L'homme qui prétend être mon mari est en voyage dans les terres du nord et j'ai décidé de m'enfuir à nouveau. M'aideras-tu ?

J'avais déjà entendu d'autres tristes histoires à travers les provinces. Elles étaient malheureusement le lot commun de nombreuses femmes.

— Oui Leyla, tu partiras avec nous demain avant l'aube et nous te mènerons chez des amis sûrs chez qui tu pourras te reposer et décider de ton avenir.

Le visage de la jeune femme s'illumina et des larmes de joie vinrent doucement caresser la peau meurtrie.
— Merci, étrangère, merci ! Je ne connais même pas ton nom !
— Miriam, je m'appelle Miriam.

Nous quittâmes le village bien avant que le soleil n'apparût au sommet des collines. Je ressentais à la fois un bonheur immense et une grande fierté. J'avais fait ce que je pensais être juste en aidant Leyla à se libérer de sa prison. J'avais le sentiment d'un accomplissement puissant.

XII.

Nous étions à présent en plein milieu de la saison de *kayitz* et la chaleur se faisait de plus en plus vive sur les routes. Les grands arbres devinrent plus rares alors que nous traversions la Samarie et nous dûmes marcher longtemps avant de trouver un ombrage. Lorsque la végétation était absente, nous nous reposions quelques instants à l'ombre de gros rochers. Un jour, nous quittâmes le chemin afin de rechercher un peu de fraîcheur à l'écart, et nous nous engageâmes dans un étroit défilé au milieu des roches où coulait un mince ruisseau. Yeshua me dit :

— Je connais cet endroit. De l'eau jaillit en cascade d'une falaise un peu plus loin, nous pourrons nous y rafraîchir.

Effectivement, nous atteignîmes bientôt une petite crique perdue au milieu des blocs de pierre. Une cascade jaillissait de la roche et venait alimenter un bassin aux eaux limpides. La végétation y était curieusement abondante et de petites fougères s'accrochaient à la paroi humide de la falaise. Des pins diffusaient leur parfum chaud dans l'air et des buissons de thym et de sauge sauvage coloraient de vert argenté l'ocre de la pierre. De nombreux roseaux entouraient cette piscine naturelle. J'étais épuisée, la chaleur était accablante et je m'allongeai quelques instants sur un tapis souple d'herbe sèche. Il régnait un grand calme et seul le bruit de la cascade venait troubler le silence en frappant la surface de l'eau. Yeshua disparut derrière un pin et peu de temps après je le vis réapparaître. Il s'était totalement dévêtu et se glissa dans l'eau claire. Il nageait lentement vers le centre du bassin. Il se tourna vers moi et me fit un signe de la main.

— Rejoins-moi dans l'eau, Miriam. Il est si bon de se délasser de la sorte après la fatigue et la chaleur de la marche. Viens, l'eau est peu profonde et sa caresse sur la peau est vraiment relaxante.

J'hésitai un court moment, puis j'ôtai finalement mes vêtements à l'abri d'une large roche avant de me glisser à mon tour dans l'eau fraîche. Yeshua avait raison, la sensation était délicieuse. Alors que je nageais lentement vers lui, quelques-unes de ses paroles me revinrent en mémoire. Un jour, il m'avait dit :

— Les hommes se compliquent bien souvent inutilement l'existence à poursuivre des désirs sans fin. Nous n'avons pourtant besoin que de peu pour connaître la félicité. Vois-tu, du pain et de l'eau procurent le plaisir le plus élevé lorsqu'on en manque. Lorsque le soleil a brûlé notre peau et que la poussière du chemin a recouvert notre visage, quel plaisir plus grand y a-t-il que de se laisser glisser dans une eau pure et fraîche ? Les plaisirs naturels sont les seuls dont nous ayons vraiment besoin. Ils apportent la paix de l'âme et contribuent à la santé du corps.

Il se tenait à présent debout, le haut du torse hors de l'eau, adossé à un gros rocher qui émergeait au milieu du bassin. Je posai mes pieds sur le fond sableux et je m'approchai de lui. Mes épaules étaient à l'air libre. Il prit délicatement mes mains dans les siennes tout en plongeant son regard dans le mien. Nous nous tenions l'un face à l'autre, seuls au monde dans cette oasis d'eau et de verdure au milieu des roches arides.

Il me murmura simplement ces mots :

— Tu es belle Miriam… Tu es si belle…
Sous le chaud soleil de Samarie, nos corps nus se rapprochèrent alors et nos lèvres s'unirent pour la première fois. Yeshua caressa longuement mon visage, ma nuque, mon dos, puis il laissa lentement glisser ses mains sur mes hanches. Je sentis un feu violent prendre possession de mon corps et de mon âme. Mon cœur battait contre le sien comme il n'avait jamais battu auparavant et je m'abandonnai totalement à son étreinte. Durant un instant, je ne fus plus que pure énergie, pur plaisir et pur amour. Nos deux corps en fusion ne formaient plus qu'un et, plusieurs fois, je crus m'évanouir. J'avais perdu toute notion de temps et d'espace, je ne savais même plus si j'existais encore. Des vagues de plaisir inondaient tout mon être et je me fondis dans un tourbillon d'extase infinie.
Les livres sacrés mentionnaient l'existence du paradis dans un autre monde. Je venais de le découvrir dans ce monde-ci.
Lorsque je recouvrai mes esprits nous étions enlacés l'un contre l'autre sous la cascade. L'eau fraîche glissait sur nos corps et je venais de connaître l'amour. Nous nous étions encore aimés jusqu'à ce que la nuit vienne recouvrir la crique. Nos mains avaient

longuement caressé nos corps, nos doigts avaient effleuré nos peaux, nos bouches s'étaient offertes, nos chairs s'étaient unies. Sans retenue, nous nous étions donnés l'un à l'autre à l'abri de cette crique isolée, loin du monde et de ses interdits. Nous nous étions totalement abandonnés à la sensualité de l'instant, bercés par le rythme des eaux qui jaillissaient de la roche. Puis nous nous étions finalement endormis sous les étoiles, blottis tendrement l'un contre l'autre.

Yeshua me réveilla avant l'aube. Il me prit la main et nous gravîmes les rochers pour atteindre le haut de la falaise, au-dessus de la cascade. Nous regardâmes alors en direction de l'est. Le ciel prenait des reflets bleu clair et rose, le soleil allait bientôt apparaître à l'horizon. Alors que le disque orange reflétait ses premières lueurs sur les collines, Yeshua prit mon autre main dans la sienne et se tint devant moi. Nous étions maintenant face à face et il me dit :

— Miriam, ma belle Miriam… Ce matin, je veux te faire un serment. Je promets de t'aimer et de te chérir de tout mon cœur et de toute mon âme. Je renouvellerai ce vœu chaque matin tant que l'amour nous unira. Je n'ai nul besoin de temple ni de prêtre pour lier mon destin au tien, je prends pour témoin le ciel, le soleil, le vent du sud et les montagnes. Veux-tu me prendre pour époux et devenir ma femme ?

— Oh, Yeshua, oui, mille fois oui, je le veux ! Je désire faire le même serment. Je promets aujourd'hui de t'aimer et de te chérir de tout mon cœur et de toute mon âme, et je renouvellerai ce vœu chaque matin tant que l'amour nous unira.

Nos lèvres se rapprochèrent et nous nous embrassâmes face au soleil levant. Mes yeux étaient humides et j'étais heureuse.

En redescendant vers la crique Yeshua me dit :

— Les traditions veulent qu'un homme et une femme s'unissent en présence d'un prêtre lors d'une cérémonie religieuse. Elles exigent de se promettre mutuellement fidélité et assistance, et de s'aimer pour le meilleur et pour le pire pour le reste de leur existence. Mais comment peut-on s'engager à respecter ce que l'on ne maîtrise pas sur le long terme ? Bien des gens pensent que le fait de sceller leur union au temple garantira le succès de leur mariage, mais ce n'est malheureusement pas vrai. Vois-tu, un jour, deux êtres qui ne se connaissaient pas se rencontrent et l'amour les unit. L'autre devient alors le tout, celui sans qui la vie perdrait tout son sens. Puis le temps passe et, bien souvent, la lassitude, les habitudes s'installent insidieusement, sans faire de bruit. L'amour se transforme peu à peu en devoir et les amants oublient la promesse qu'ils se sont faite le jour béni de leurs vœux. Alors il se fane et s'éteint lentement et, un jour, il ne reste plus rien de cette belle flamme qui les animait. Si tu veux mon avis, le mariage devrait être un contrat reconductible. Si les couples renouvelaient ainsi leur promesse chaque matin, alors l'amour resterait aussi fort qu'il l'était au premier jour. L'amour est comme un jardin : s'il n'est pas quotidiennement entretenu et soigné, alors les herbes indésirables s'installent. Puis elles étouffent les fleurs fragiles aux couleurs délicates qui finissent par dépérir. Beaucoup l'oublient.

XIII.

Dorénavant, nous marchions main dans la main sur les chemins qui nous menaient de village en cité. Nous nous arrêtions souvent à l'écart de la route pour nous étendre à l'ombre d'un cèdre ou d'un pin.

Là, sur l'herbe tendre, nous faisions longuement l'amour. J'aimais nos étreintes passionnées, à la fois violentes et douces, seuls au cœur de la nature. Nous nous fondions en elle et nos corps nus se mêlaient aux éléments, à la terre chaude, au sable du désert, à la brise légère, aux caresses ardentes du soleil, aux effluves de pin, à l'eau des ruisseaux.

Un jour, Yeshua cueillit des fleurs sauvages qu'il tressa en couronne. Il y en avait de toutes les couleurs, des pastels les plus doux aux éclats les plus vifs. En la déposant sur ma tête il me dit :

— Voici la plus belle des couronnes pour la plus belle des reines. Regarde tout autour de toi, la nature est ton royaume et tu possèdes ce que l'or et l'argent ne peuvent acheter : l'amour et la liberté.

À chaque aube, une puissance nouvelle venait m'habiter, qui me rendait légère et vivante, et mettait mon cœur en fête. L'amour me possédait et j'avais le sentiment que la nature entière me souriait. Chaque fleur, chaque arbre, chaque ruisseau devenait source de joie. Même les pierres sous mes pieds et la poussière devenaient amicales. Les oiseaux, les grillons et les cigales semblaient chanter pour moi et partager mon bonheur. Je voulais embrasser tous les gens que nous croisions et leur dire que l'amour est la plus belle chose au monde. Je me sentais unie au ciel, au vent, aux nuages, au miracle de la vie. Mon cœur amoureux avait transformé le monde. Une force inconnue m'habitait, qui avait balayé tout ce qui était ancien, les coutumes, les traditions, les regrets, les chagrins, et me rapprochait chaque jour un peu plus du Mystère.

J'aurais voulu escalader la plus haute des montagnes et crier au monde entier : « J'aime ! »

Nous laissâmes derrière nous les terres arides pour des sols plus fertiles où les hommes travaillaient en harmonie avec la nature. Ils avaient bâti des systèmes de canaux qui irriguaient régulièrement leurs champs et nous traversâmes des plantations d'oliviers, d'orangers et de citronniers aux fruits abondants. Un peu plus loin, des étendues de blé ondulaient au gré du vent, telles des vagues dorées en attendant la moisson. Des champs de lavande dessinaient dans le paysage des lignes régulières aux couleurs apaisantes. Leur parfum embaumait l'atmosphère et attirait des myriades d'abeilles butineuses.

— Les hommes, ici, ont su observer la nature et la domestiquer en s'adaptant à ses règles, me dit Yeshua. Ils la respectent et, en retour, elle se montre généreuse avec eux. Vois-tu, les fermiers nous enseignent une sagesse que bien peu de nous savent reconnaître et qui améliorerait bien des vies si elle était appliquée. C'est la raison pour laquelle je répète souvent à celles et ceux qui viennent m'écouter : « Voici à quoi ressemble le Royaume des Cieux : un homme sème des graines dans le sol. Nuit et jour, qu'il dorme ou qu'il soit éveillé, la graine germe et le plant pousse, bien qu'il ne sache pas comment. De lui-même, le sol produit l'épi, puis le grain. Lorsque le grain est mûr, alors vient le temps de la récolte. » Cette parabole est très importante. L'énergie que certains appellent Dieu et que je nomme le Royaume des Cieux est à l'œuvre partout. Cette intelligence mystérieuse est l'essence même de la graine et la fait croître en un plant qui produira à son tour d'autres graines. La tâche du fermier est de préparer le sol, de semer, d'irriguer et de garder les indésirables à l'écart de ses champs. C'est là sa part, le mystère de la vie fait le reste. Imagine maintenant que le champ soit mon propre esprit et que les graines soient les pensées que j'y sème. Si je souhaite qu'elles produisent des effets bénéfiques dans mon existence tu comprendras l'importance de bien les choisir avant de les laisser germer et produire les plants que je désire. Si un fermier veut récolter du blé, il ne sème pas des graines d'ortie. Si son désir est de récolter de la lavande, il ne sème pas des graines de chardon. Eh bien, la même chose se produit avec nos pensées. Si nous semons en nous des pensées de haine, nous récolterons la haine. Si nous semons en nous des pensées de paix, nous récolterons la paix. Si nous semons en nous des pensées de prospérité, c'est ce que nous récolterons. Mais si nous semons en nous des pensées de manque, alors nous récolterons le manque. Les pensées que nous semons produiront leurs fruits, qu'elles soient bonnes ou mauvaises. Nous ne pouvons manifester dans notre monde extérieur que ce que nous sommes à l'intérieur. Il nous faut donc d'abord semer les bonnes graines. C'est une loi de la vie, c'est la loi du fermier ! Et de même que celui-ci ne laissera pas les nuisibles et les indésirables s'installer dans son champ, il est essentiel que nous fermions la porte de notre esprit aux pensées négatives et destructrices. Les bonnes graines se manifesteront dans notre vie sous forme de rencontres heureuses, d'événements agréables, de relations harmonieuses, de succès. Les mauvaises prendront la forme du manque, de la frustration, de la malchance, de la discorde et de l'échec. Même notre pire ennemi ne pourra nous causer plus de mal que nos propres pensées si nous ne les maîtrisons pas. Et souviens-toi enfin que l'on peut enlever à un homme tous ses biens et toutes ses possessions, tout sauf ses pensées. Elles représentent notre liberté. Saisis-tu, à présent, le sens de cette parabole ? L'énergie mystérieuse qui anime la graine est la même que celle qui anime nos pensées.

Je venais de recevoir un enseignement important.
— Merci, lui répondis-je en souriant, je saurai me souvenir de la sagesse du fermier.
Il embrassa tendrement mes lèvres.
— Remettons-nous en route à présent, me dit-il. Nous avons encore beaucoup à faire.

XIV.

Nous étions arrivés en Judée et les foules étaient de plus en plus nombreuses à venir écouter Yeshua. L'occupant romain prélevait des taxes toujours plus importantes afin de financer ses campagnes militaires en Occident. Les privilèges dont bénéficiaient les grands prêtres et les notables des cités accentuaient encore le sentiment d'injustice, et un désir de révolte commençait à gronder au sein de la population. Les livres anciens mentionnaient la venue d'un messie qui libérerait le peuple et marquerait l'avènement d'une nouvelle ère pleine de promesses. En ces temps difficiles, beaucoup de gens plaçaient à présent leurs espoirs d'une vie meilleure dans l'attente de cet événement. Un jour, un groupe d'hommes était venu s'adresser à Yeshua :

— *Shalom*, Maître ! Nous t'avons écouté avec attention et ton message nous a revivifiés. Tu parles de liberté et nous avons besoin d'un guide qui nous délivrera de l'oppresseur romain et rétablira la justice dans nos cités. De plus en plus de gens murmurent que tu es le messie promis par les Écritures. Nous sommes prêts à prendre les armes et à te suivre pour mener une rébellion et détruire ceux qui nous oppriment. Le moment est venu de recouvrer notre liberté !

— *Shalom*, ami ! Merci pour tes paroles mais je crains que toi et tes frères n'ayez mal interprété mes propos. Au risque de vous décevoir, je ne suis pas le messie annoncé par vos livres. Celui-ci n'est qu'un mythe destiné à souder le peuple et à le garder uni face à l'adversité. Les traditions religieuses du passé, dans d'autres civilisations, mentionnent toutes la venue d'un libérateur envoyé par Dieu. Ce mythe a existé de tout temps et existera encore car les hommes ont besoin d'y croire. Si vous prenez les armes contre les Romains, alors le sang de beaucoup d'innocents coulera. Les Romains sont bien mieux armés et bien plus nombreux que vous et ils écraseront votre rébellion de façon impitoyable. Ils massacreront vos familles et vos voisins et leurs lois deviendront bien plus sévères et répressives pour la population. Vois-tu, ami, je vous ai dit que celui qui agit par le glaive périra par le glaive. La violence engendre la violence, la haine engendre la haine, dans un cercle sans fin. Ne serait-il pas préférable d'aller dans un premier temps vous entretenir avec les autorités romaines et leur exposer vos doléances ? Personne ne souhaite voir couler le sang et parmi les Romains, il se trouve certainement quelque consul qui acceptera de vous écouter. Les hommes ont toujours cherché à régler leurs problèmes par la violence et par les armes. Mais les victoires ainsi acquises sont bien souvent éphémères car elles laissent chez les vaincus un goût d'amertume, et la haine qui couve sous la cendre se rallume un jour avec une intensité accrue. Alors les oppressés d'hier deviennent les oppresseurs d'aujourd'hui. Commencez par vous mettre en paix avec vous-mêmes, avec vos proches, avec vos voisins. Faites preuve de bonne volonté envers tous et si chacun agit de même, alors la paix et la justice s'imposeront d'elles-mêmes et vous verrez que les Romains changeront d'attitude à votre égard. Mener une révolution pacifique requiert un grand courage, mais le prix à payer sera bien plus lourd si vous choisissez la guerre.

Les hommes repartirent, visiblement déçus par les propos de Yeshua. Ils ne pouvaient envisager d'autre solution que l'usage des armes afin de regagner leur liberté. Aveuglés par le désir de vengeance, ils ne comprenaient pas qu'ils s'étaient maintenant mis sous le joug d'un tyran supplémentaire, leur propre haine.

XV.

Depuis quelque temps, des messies autoproclamés apparaissaient un peu partout dans les provinces. Ils annonçaient la proche fin des temps et la venue du Sauveur qui délivrerait le monde de ses ténèbres. Ils étaient issus, pour la plupart, des nombreuses sectes monothéistes qui fleurissaient alors en Palestine. Si les Romains toléraient la présence de diverses religions sur leur sol, ils considéraient ces prédicateurs comme des perturbateurs à l'ordre public et procédaient régulièrement à des arrestations. Nous devions maintenant nous montrer prudents pour éviter d'être assimilés à ces faux messies. Si ceux-ci étaient parfois sincèrement convaincus qu'ils avaient une mission divine à effectuer ici-bas, il y avait également parmi eux beaucoup d'aventuriers sans scrupule qui tentaient d'extorquer quelques shekels en échange de leur bénédiction. Ils étaient fort habiles dans l'art de l'illusion, de la manipulation et de la magie, abusant les pauvres âmes qui pensaient avoir ainsi gagné leur entrée au paradis.

— La fin des temps est proche ! Dieu va bientôt faire tomber une pluie de feu sur les nations pécheresses et le sol s'ouvrira sous les pieds des pêcheurs ! Repentez-vous, misérables créatures ! Dieu choisira les siens et les autres subiront les foudres de sa colère ! Il est encore temps de sauver vos âmes, soumettez-vous au Tout-Puissant et il vous élèvera à lui ! Approchez, approchez ! Je suis le messie annoncé par vos écritures, écoutez-moi ! Dieu m'a parlé et je suis ici pour vous sauver ! Purifiez vos âmes en vous libérant de vos richesses matérielles car elles vous empêcheront de faire partie des élus ! Sans elles vous gagnerez le paradis, sinon vous irez brûler en enfer pour l'éternité ! Remettez-moi dès à présent vos biens et ma bénédiction vous assurera le salut éternel et une place parmi les élus ! Venez à moi et vous serez sauvés !

Le prédicateur avait animé son discours d'illusions spectaculaires. Des petites boules de feu semblaient jaillir de ses mains et avaient explosé dans les airs, emplissant la foule de terreur. Puis il avait procédé à des exorcismes et des guérisons d'infirmes devant les yeux ébahis de la foule. Il s'agissait, en fait, de faux malades chargés de l'aider à mystifier l'assemblée. Certaines personnes avaient commencé à s'approcher du faux mage et lui avaient remis des shekels en échange de sa bénédiction.

— Vois-tu, Miriam, me dit Yeshua, l'ignorance et la superstition ouvrent la porte à bien des dérives. La tâche à accomplir est encore bien longue avant que les hommes ne comprennent qu'ils sont les maîtres de leur destinée et qu'il ne tient qu'à eux et à eux seuls d'améliorer leur situation ! Ils n'ont pas à craindre Dieu, ni dans cette vie ni dans une autre. Ils possèdent déjà en eux tout ce qui leur est nécessaire et ils n'ont guère besoin de prophète ou de messie. Mais trop peu le savent encore.

La compassion et la sagesse dont faisait preuve Yeshua en toutes circonstances m'impressionnaient. Il m'enseignait ces qualités et, à mon tour, j'apportais mon aide aux âmes en détresse que nous croisions sur le chemin. Pour lui, nul homme n'était supérieur ni inférieur aux autres. Nous désirions créer une société plus juste dans laquelle chacun mettrait ses aptitudes particulières au service de tous et Yeshua disait que chaque être possédait en lui le potentiel pour mettre en œuvre ce projet. Nous avions tous nos talents propres et notre tâche devait être de les cultiver et de les développer. Nous étions semblables à de petites pierres dont chacune contribuait à bâtir un palais magnifique. Il disait que si les hommes avaient des droits, ils avaient avant tout des devoirs envers eux-mêmes, envers les autres, et que le premier de ceux-ci était de contribuer au bien commun sans jamais nuire à autrui.

Les femmes étaient les égales des hommes et c'était devenu ma mission que de leur en faire prendre conscience. Si beaucoup d'entre elles riaient, chantaient ou dansaient, beaucoup d'autres masquaient leur douleur derrière leur silence. Dans certaines provinces, des lois archaïques leur interdisaient d'adresser la parole aux hommes. Elles vivaient drapées sous un voile et leur peau ne recevait jamais la caresse du vent ni celle du soleil. Elles marchaient résignées, isolées de la vie parce que des lois religieuses l'avaient décidé ainsi. Elles étaient pourtant indispensables à la vie de la cité. Les hommes leur devaient la nourriture qu'elles préparaient pour eux, les vêtements qu'ils portaient, les fils dont ils étaient fiers. Mais ils ne leur devaient pas le respect en retour. Ils oubliaient qu'ils étaient tous nés d'une femme et qu'ils avaient tous eu une mère.

Un jour, sur une place de village, une foule haineuse s'apprêtait à jeter des pierres sur une femme à terre.

— Qu'a donc fait cette femme pour mériter la lapidation ? demanda Yeshua.

— Elle a pêché, c'est une adultère et la loi dit qu'elle doit être lapidée ! répondirent des voix furieuses.

— C'est ce que vos lois ordonnent mais est-ce aussi ce que votre cœur vous dicte ?

— Elle doit subir le châtiment décidé par la loi !

— Soit, dans ce cas, soyez aussi honnête avec vous-mêmes, leur dit-il. Que celui qui n'a jamais commis de faute lui jette la première pierre !

La foule le regardait, incrédule, et personne ne bougea.

Eh bien, que celui qui n'a jamais pêché lui jette la première pierre ! Que se passe-t-il ? Aucun d'entre vous ne serait donc exempt de faute ?

Sa voix avait résonné puissamment sur les murs qui entouraient la place et, à présent, un grand silence s'était installé. Puis peu à peu la foule se dispersa, impressionnée par le ton solennel des paroles qui venaient d'être prononcées.

Nous nous étions approchés de la femme. Elle tenait son visage tuméfié entre ses mains et elle pleurait. Ses larmes de peur se mêlaient à présent à des larmes de joie.

— Merci étrangers, merci beaucoup. Vous savez, mon seul tort a été de sortir dans la rue sans voiler mon visage et ces hommes qui sont mes voisins et que je pensais être bons m'ont alors violemment interpellée, puis battue et traînée sur cette place. Un prêtre est venu les rejoindre et c'est lui qui a appelé à me lapider. Je suis veuve, je n'ai jamais commis d'adultère. Je ne peux plus supporter ces traditions d'un autre âge, je vais partir à Jérusalem. Ma sœur vit là-bas et les femmes y ont une meilleure vie.

J'étais bouleversée par ce qui venait de se passer et ma détermination à m'élever contre les injustices n'en devint que plus forte.

— Tu vois, Miriam, ce à quoi nous venons d'assister illustre le sens de mes paroles lorsque je dis aux hommes d'ôter d'abord la poutre qui se trouve dans leur œil avant de vouloir ôter la paille qui se loge dans celui de leur voisin. Hélas ! En ce monde, l'hypocrisie reste encore une chose plus commune que la sagesse. Et souvent chez ceux qui se disent religieux. Cela est bien triste.

À la tombée de la nuit nous installâmes notre bivouac à l'écart du chemin au milieu des roches. Je m'assis sur le sable et plongeai mes pieds dans les eaux fraîches d'un ruisseau. Je pensais toujours à cette pauvre femme que nous avions sauvée de ceux qui, au nom de lois religieuses barbares, s'apprêtaient à la lapider. Je ne pouvais concevoir que des êtres humains puissent être à ce point ignorants, cruels et fanatiques. Cela m'effrayait, j'en tremblais et un grand malaise avait saisi mon corps. Une grande lassitude s'était installée en moi.

— Je ressens ton trouble, me dit Yeshua, tu repenses à cette innocente femme victime de la bêtise des hommes et tu te demandes ce qu'il serait advenu d'elle si nous n'étions pas intervenus ou bien si nous étions arrivés un peu plus tard. Eh bien, nous aurions été les témoins d'un spectacle sordide. Nous aurions assisté à l'agonie de cette malheureuse, le corps brisé et le visage éclaté, couvert de sang. Une fois, par le passé, j'ai vu le triste résultat d'une lapidation. Ces images horribles ne m'ont plus jamais quitté. L'obscurantisme religieux est malheureusement bien présent et les hommes sont prêts à commettre les actes les plus abjects lorsque les gardiens de la foi leur assènent que c'est la volonté divine.

J'éclatai soudain en sanglots et Yeshua me serra dans ses bras.

— Pleure, ma douce Miriam. Laisse les larmes et la peine quitter ton corps. Ce monde est peut-être le théâtre de beaucoup d'injustice, il est loin d'être parfait, mais il est également habité par de belles âmes. Et il incombe à chacune et à chacun d'entre nous, à son propre niveau et avec les moyens dont elle ou il dispose, de travailler à faire triompher le bien, la justice et la paix. Alors un jour la lumière aura définitivement raison des ténèbres.

Il se releva puis sortit de son sac un large morceau d'étoffe qu'il étendit sur le sable.

— Ôte tes vêtements et étends-toi sur ce tissu, me murmura-t-il à l'oreille.

Je me dévêtis lentement puis je m'allongeai sur le ventre. Yeshua avait défait sa tunique. Puis il versa de l'huile d'amande douce dans le creux de ses mains et il l'étendit doucement sur ma peau. Ses doigts souples et ses paumes chaudes commencèrent à masser mon dos et mes épaules, les délassant agréablement. Je fermai les yeux. Je m'abandonnai totalement à la volupté de ses caresses et, peu à peu, une sensation de bien-être m'envahit. Elle chassa au loin ma peine. Puis ses mains glissèrent légèrement sur mes hanches, sur mes fesses, entre mes cuisses et une chaleur intense enveloppa tout mon être.

— Lorsque l'esprit est accablé par le poids de la douleur il faut le mettre au repos et s'occuper des soins du corps. L'amour est un art sacré, me dit-il tout en continuant à caresser et à masser ma peau. Bien des hommes semblables à ceux que nous avons rencontrés aujourd'hui ne savent pas aimer les femmes. Ce ne sont bien souvent que des brutes dépourvues de toute sensibilité, qui les possèdent violemment et ignorent totalement ce qu'elles ressentent, ce qu'elles désirent. Pourtant, lorsque les énergies de deux êtres se fondent et vibrent ensemble comme une musique qui joue un accord parfait, l'amour physique se transforme en une danse sensuelle, source de joie et de bonheur infinis. Il devient partage, communion où tour à tour l'on donne, l'on prend, l'on s'abandonne. Il unifie le corps et l'esprit. Il transcende deux êtres dans une union mystique qui leur ouvre la porte vers le Divin, vers un état total d'harmonie et d'éveil. L'amour est libérateur, il représente le don absolu,

celui de l'âme individuelle qui se dissout dans l'âme universelle. Sa puissance transcende tout le reste, les obstacles, les lois, les conventions humaines. L'amour, Miriam, seul importe l'amour…
Il posa alors ses lèvres chaudes sur ma nuque avant de les faire lentement descendre le long de mon dos jusqu'à la courbe de mes reins. Puis il me retourna doucement et embrassa délicatement mon ventre et mes seins. Ses doigts se glissèrent entre mes cuisses et je gémis de plaisir. Mon corps s'était totalement abandonné à son étreinte. Je me donnai sans retenue.
Lorsque les premières étoiles vinrent illuminer le ciel, nous faisions toujours passionnément l'amour. Puis je m'assoupis dans ses bras, le corps et l'âme en paix.

XVI.

Un matin nous prîmes la direction de l'ouest.

— J'aimerais te présenter une femme qui vit face à la mer, me dit Yeshua. C'est un esprit libre et une amie de longue date.

Nous atteignîmes une petite maison de brique blanche isolée, adossée à un gros rocher qui dominait les eaux bleues. Une brise légère venant du large rafraîchissait agréablement l'atmosphère. Le sable fin des dunes était souple sous nos pieds, contrairement au sable plus grossier qui ornait les chemins que nous arpentions habituellement. Une silhouette apparut dans l'embrasure sombre de la porte. Une vieille femme au visage ridé par le temps et l'air marin nous accueillit en souriant.

— *Shalom*, Yeshua, c'est toi ? Bien des saisons se sont écoulées depuis ta dernière visite ! Viens que je t'embrasse !

— *Shalom*, Doriah ! Qu'il est bon de te revoir. Tu es toujours aussi rayonnante ! Laisse-moi te présenter Miriam, ma femme.
— Tu t'es marié ? Elle doit être vraiment exceptionnelle ! s'exclama en riant la vieille femme. Tu as bon goût, elle est très belle !
— Effectivement, Miriam est vraiment exceptionnelle, lui répondit-il en me regardant. Elle est comme toi, Doriah, éprise d'amour, de liberté et de sagesse !
— Oh ! L'amour, pour moi, c'était il y a bien longtemps déjà, dit-elle le regard malicieux. Mais pour le reste, tu es dans le vrai, ma liberté est mon bien le plus précieux. Ici, je vis en paix, loin des affaires de la cité et de ses prêtres qui exercent un pouvoir tyrannique sur les âmes. J'ai toujours suivi mon propre chemin, la vie est une chose bien trop précieuse pour permettre qu'elle soit dominée par tous ceux qui se prétendent les porteurs de vérité. Chacun doit suivre sa propre route, même si elle chemine par des voies escarpées et solitaires, et c'est en y restant fidèle qu'on y rencontre ses âmes sœurs. Il est impossible de connaître la véritable sérénité et la joie authentique en marchant dans les pas d'un autre. C'est ma philosophie et elle me rend heureuse !

J'étais fortement impressionnée par la petite femme. Il émanait d'elle une force et un calme peu communs. Elle vivait parfaitement en accord avec son être véritable et suivait sa voie, tout simplement.

— Venez voir mes dernières créations, nous dit-elle en nous menant vers une grange aux murs de chaux blancs et au toit de chaume.

Doriah vivait de ses sculptures en pierre et en terre cuite. Il y en avait des dizaines, de tailles et de formes différentes. Toutes ces statues immobiles dégageaient une telle puissance invisible, qui parlait au cœur et saisissait l'âme, qu'elles semblaient vivantes. Je n'avais jamais ressenti une telle sensation devant des créations artistiques. La vieille femme possédait un talent peu commun. Des étudiants venaient d'ailleurs des provinces les plus lointaines afin d'apprendre ses secrets.

— L'art existe depuis l'origine des hommes, nous dit-elle d'une voix passionnée. Ils ont toujours cherché à approcher le mystère de l'existence en créant la beauté capable de transcender ce que les mots ne peuvent exprimer. Toute création artistique devrait avoir pour but d'élever, d'éveiller de nobles émotions, d'amener le contact avec la Source de toute vie. L'artiste doit apprendre à s'effacer derrière le procédé de création, il doit oublier son être limité pour s'ouvrir à l'Infini. Le véritable artiste est celui qui cherche à percer les apparences du monde pour aller en quête des régions célestes et en faire descendre vers les mortels le sublime inaccessible. Il doit s'efforcer d'être un intermédiaire entre l'homme et le divin, c'est là sa mission. C'est ce que j'enseigne aux étudiants qui viennent ici enrichir leur art. Je leur explique qu'ils doivent d'abord apprendre et perfectionner la technique, puis s'en détacher pour exprimer ce qui est en eux et ce qui traverse leur cœur.

— C'est beau, Doriah. C'est vraiment très beau, lui dis-je, la voix emplie d'émotion devant ses œuvres.

— Vois-tu, Miriam, pour moi, l'art est essentiel à la vie car il représente une métaphore de la condition humaine. Les hommes arrivent brut dans cette existence, comme ce bloc de pierre qui n'a pas encore été travaillé. La tâche de l'être humain est de sculpter son être de la même façon qu'un sculpteur le ferait de ce bloc, afin de révéler au monde sa beauté cachée. Là où le commun des mortels ne voit qu'une pierre grossière, le sage y perçoit l'œuvre unique qu'elle renferme. Ce devrait être aussi la finalité de toute spiritualité, une sculpture de soi. Les religions s'efforcent malheureusement de faire le contraire en cherchant à détruire l'originalité de l'œuvre pour en faire à nouveau une pierre lourde et immobile… Mais assez philosophé à présent ! Pourquoi n'allez-vous pas vous baigner dans les eaux chaudes ? Vous avez fait une longue route pour arriver jusqu'ici. Allez ! Je vais vous préparer du poisson durant ce temps.

Nous courûmes vers la mer, sur la plage de sable déserte, en riant comme deux enfants puis nous plongeâmes nus dans les vagues. J'étais heureuse, j'étais vraiment heureuse.

Nous quittâmes Doriah quelques jours plus tard. La vieille femme était une personne rare et des larmes baignèrent mes yeux en lui disant au revoir.

XVII.

— Parle-moi des religions. D'où viennent-elles et pourquoi exercent-elles un pouvoir si puissant sur les hommes ? demandai-je un jour à Yeshua.

— L'origine des religions se perd dans la nuit des temps. Elles sont nées avec l'humanité. Les premiers hommes étaient terrifiés par les phénomènes naturels qu'ils ne pouvaient comprendre, comme la foudre, la pluie, la sécheresse, les tremblements de terre ou encore la maladie et la mort. Ils se sont dit que c'était là l'œuvre d'êtres surnaturels qu'ils ont nommés de divers noms et qui sont devenus leurs dieux. Ils les ont dotés de caractéristiques humaines telles que la colère, la jalousie, le désir de vengeance. Ils en ont fait des êtres tyranniques. Afin de calmer leur courroux supposé, ils ont commencé à leur faire des offrandes, des sacrifices, parfois humains.

Ils leur ont bâti des autels, puis des temples, et ont imposé des fêtes à respecter par tous s'ils voulaient s'attirer leurs bonnes grâces. Quelques hommes se sont alors approprié le rôle d'intermédiaires entre le reste du clan et les dieux, ainsi sont nés les prêtres. Ils se prétendaient les seuls à pouvoir communiquer avec ces dieux et ont peu à peu créé les rituels qui sont devenus la base des religions. Tous devaient se soumettre sous peine de se voir exclus du clan ou tués. En ces temps de superstition, ils exerçaient un pouvoir sans partage qui leur faisait commettre les pires excès. Les religions devinrent alors un outil de contrôle et de propagande terriblement efficace. Si les grands prêtres ordonnaient une guerre sous pretexte que les dieux le leur demandaient, alors le peuple partait en guerre. S'ils décidaient que le sacrifice d'une jeune vierge rendrait la chasse fructueuse ou les récoltes abondantes, alors une jeune innocente était sacrifiée. Ils se servaient des dieux et de la peur que ceux-ci engendraient dans la population afin de renforcer leur autorité. Ils ont insidieusement implanté dans l'âme humaine la crainte de souffrances éternelles après la mort, et cette idée s'est transmise de génération en génération. Seuls ceux qui se soumettaient à leurs règles gagneraient le paradis, les autres finiraient en enfer ! Malheureusement, les choses n'ont guère changé et les humains, dominés par la peur de vivre, et surtout par celle de mourir, n'ont jamais osé remettre en question cette croyance. Car ce n'est rien de plus qu'une croyance, savamment entretenue par quelques-uns afin d'imposer leurs règles à tous. Ces religions se sont progressivement développées en structures très organisées, avec une hiérarchie qui décide des règles. Elles se sont alliées aux rois afin de continuer à dominer la vie des cités. Elles ont décrété qu'il n'y avait plus qu'un seul Dieu, l'unique, le tout-puissant, et que les dieux multiples des temps passés étaient des imposteurs. Il est plus facile de soumettre le peuple à un seul tyran qui règne sans partage qu'à plusieurs ! Et ces religieux s'appliquent soigneusement à garder cet être lointain et inaccessible à tous, excepté à eux bien entendu. Voilà brièvement la raison de l'existence des religions et de leur pouvoir.

Il poursuivit.

— Lorsque la mort fait craindre des peines sans fin, l'âme humaine se soumet et oublie son origine divine. Si les hommes cessaient de craindre l'au-delà et s'ils refusaient de commettre les pires exactions au nom de leur religion, en croyant qu'ils gagneraient ainsi leur place auprès des élus, le monde serait plus serein. Et chacun comprendrait alors que l'enfer et le paradis ne sont que des créations de l'esprit et non pas des lieux où nous attendent récompenses ou châtiment éternels.

Vois-tu, il existe de nombreuses religions et elles ne sont pas d'accord les unes avec les autres. Ne penses-tu pas que si elles détenaient la vérité, alors elles seraient identiques les unes aux autres et ne formeraient plus qu'une seule religion qui serait une évidence pour chaque être humain ? Est-il nécessaire d'établir un système religieux pour décréter que le jour succède à la nuit, ou bien que le soleil se lève chaque matin à l'est ? Non, car ces faits sont admis par tous et évidents par eux-mêmes. Le fait même qu'il existe autant de religions si différentes est bien la preuve qu'aucune d'entre elles ne détient la vérité absolue.

Voilà pourquoi je m'élève contre ces systèmes organisés qui s'efforcent d'enfermer la vie dans leurs dédales de dogmes inflexibles. Mais la vie ne peut être contenue dans aucun système de pensée, elle est libre, imprévisible et insaisissable, et nul n'a le droit d'imposer par la peur ou par les armes sa volonté à autrui !

XVIII.

Sur la route, nous nous joignions parfois à d'autres voyageurs. Il s'agissait de marchands nomades qui venaient du nord et se rendaient à Jérusalem. Ils y vendaient le sel, la soie, l'encens d'Oliban, et leurs ânes et leurs chevaux revenaient chargés de vin et d'huile d'olive. J'aimais la compagnie de ces hommes du désert, fiers et libres. Ils parlaient peu mais leur regard était vivant. Les croyances populaires leur attribuaient des pouvoirs mystérieux et beaucoup pensaient qu'ils étaient magiciens. Les gens de Judée disaient qu'ils possédaient un secret qu'ils se transmettaient de génération en génération depuis les temps d'Abraham. Ils savaient lire dans les pierres, dans les nuages, dans le vent et dans les étoiles. Ils communiquaient avec les plantes, les animaux du désert et les esprits qui hantaient le vent du sud lorsqu'il soufflait sur le sable.

Ces hommes s'avançaient parfois jusqu'aux terres d'Occident et, sur le chemin, ils rencontraient des sages et des mystiques qui partageaient leur savoir avec eux. Ils faisaient preuve de plus de tolérance et de moins de superstition que les populations sédentaires. Ils avaient l'amour de la liberté et ils restaient à l'écart des conflits et des tensions qui régnaient parmi les peuples qu'ils traversaient. Yeshua les appelait ses « frères du vent », car nul ne savait exactement d'où ils venaient ni où ils allaient, et aucune frontière ne les retenait.
Un soir, alors que le soleil déclinait, nous fîmes halte pour la nuit auprès d'un point d'eau. À ce moment de la journée, l'air était encore chaud mais la température devenait plus agréable. Une brise légère diffusait des senteurs de pin et d'olivier dans l'atmosphère et nous rejoignîmes l'un de ces groupes d'hommes du désert assis en silence autour d'un feu. Un d'entre eux se nommait Kader et connaissait Yeshua qu'il avait déjà rencontré à plusieurs reprises sur la route. L'homme était d'une taille imposante. Il était vêtu d'une tunique de couleur bleu nuit et un turban recouvrait sa tête. Il portait à la ceinture un long poignard recourbé. Il nous accueillit en ouvrant largement les bras.

— Yeshua, mon frère ! Je suis heureux que nos chemins se croisent de nouveau. Viens partager le thé avec nous. Tu as une bien belle compagne. Comment s'appelle-t-elle ?

— Kader, mon frère, je te présente Miriam, ma femme.

— Je te félicite, tu as fait un bon choix, lui répondit Kader en souriant. Tu as bien de la chance d'avoir une compagne pour marcher avec toi sous le soleil et pour s'endormir contre toi lorsque arrive la nuit.

— C'est vrai, l'amour rend le voyage plus doux et le pas plus léger. J'ai beaucoup de chance d'avoir rencontré Miriam. Et toi, mon frère, parle-moi de toi. Quels territoires as-tu traversés depuis notre précédente rencontre ?

— J'ai visité de nombreuses terres, je suis allé au sud, je suis allé au nord, je suis allé à l'est et je suis allé à l'ouest. Et partout, les hommes semblent incapables de vivre en paix les uns avec les autres. Ils se déchirent pour un petit bout de sol alors que le monde est si vaste et qu'il y a suffisamment de place pour tous. Ils construisent des maisons de plus en plus grandes et ils possèdent toujours plus de bétail. Mais pour autant, ils ne sont guère plus heureux.

— Tu as raison, Kader. Les hommes recherchent à l'extérieur ce qui leur procurera la paix, mais leur quête demeurera vaine tant qu'ils n'auront pas d'abord appris à faire la paix avec eux-mêmes. Alors, ils seront en paix avec leurs voisins.

Nous quittâmes la caravane quelques jours plus tard et nous fîmes halte dans la plaine d'Arimathie, près d'un village. Nous assistâmes à un spectacle étrange. Une procession d'une vingtaine de personnes se dirigeait vers un temple bordé de cèdres, au sommet d'une colline. Elles portaient toutes une longue tunique blanche et suivaient un prêtre qui entonnait des prières. Ces pauvres gens semblaient bien en peine. Certains, reposant sur des brancards, étaient portés par les plus valides. Un homme jeune avançait le dos courbé et le visage déformé par la douleur. Nous nous approchâmes de lui.
— *Shalom*, ami ! lui dit Yeshua. Tu parais en grande peine, que t'arrive-t-il ?
— *Shalom*, étranger. C'est mon dos, il est brisé. Vois-tu, j'étais fermier et un jour, alors que je réparais un enclos endommagé par mes jeunes taureaux, j'ai perdu l'équilibre et l'un d'entre eux m'a chargé violemment. Il a frappé mon dos de ses cornes,

et ses sabots m'ont piétiné. Il m'aurait certainement tué si des voisins qui avaient assisté à la scène n'étaient venus me sortir de l'enclos. Et depuis, je souffre jour et nuit. Je ne peux plus relever mon torse. J'ai dû vendre ma ferme car je ne peux plus travailler la terre ni élever mes animaux. La nuit, la douleur me tient éveillé et chaque nouveau jour, je maudis le sort qui m'a mis dans cet état. Ma vie est devenue un véritable enfer et je me demande en quoi j'ai pu offenser les dieux pour qu'ils me punissent de la sorte. Aussi suis-je venu aujourd'hui avec ces autres malheureux implorer leur pardon et faire des offrandes au Tout-Puissant afin qu'il me libère de ces maux. De l'eau jaillit d'une source à l'intérieur de ce temple et elle guérit parfois les malades. Nos pères, et avant eux leurs pères, ont toujours vénéré cet endroit sacré depuis la nuit des temps. Le prêtre qui nous guide va prononcer les prières qui guérissent et nous lui avons tous donné beaucoup de shekels pour qu'il dirige la cérémonie. Je ne sais plus quoi faire d'autre, de toute façon. Seul un miracle pourrait me rendre la santé.

— Ce que tu appelles un miracle se produit plus fréquemment que les hommes ne veulent bien le croire, et aucun dieu n'est responsable de ton état.

Je suis guérisseur, me permets-tu de regarder ton dos avant que tu ne continues ?
— Je doute que tu puisses m'aider, étranger. D'autres avant toi s'y sont essayés mais nul n'a pu me libérer.
— Alors, tu n'as rien à perdre à me laisser y jeter un coup d'œil. Au pire, je ne pourrai rien pour toi et au mieux, je serai à même de te soulager, répondit Yeshua.
— D'accord, dit l'homme. Vois ce que tu peux faire.
Les autres participants à la procession avaient suivi la conversation et observaient en silence, le regard intrigué. Yeshua s'agenouilla à côté de l'homme et posa légèrement ses mains sur la surface de son dos. Puis il palpa les vertèbres une à une, ainsi que la hanche.
— Beaucoup de tes os se sont déplacés, mon ami. Ton bassin a bougé de sa position initiale et bloque maintenant le reste de ton torse. Peux-tu t'allonger sur le flanc ?
L'homme s'exécuta lentement, chaque mouvement lui causant une douleur vive.
— Voilà, très bien, lui dit Yeshua. Maintenant, reste immobile durant quelques secondes. Je vais

d'abord imposer mes mains sur ton dos et tu vas ressentir de la chaleur le traverser. Ensuite, je vais rendre à tes vertèbres et aux os de ton bassin leur position initiale.

Le reste de la procession nous entourait, à présent, et l'on avait rapproché les brancards de la scène car tous voulaient voir ce qu'allait faire ce mystérieux étranger. Soudain, le prêtre s'adressa d'une voix forte à Yeshua :

— Tu perds ton temps, étranger. Pourquoi donnes-tu à cet homme de faux espoirs ? Seul Dieu pourra le sauver, pas toi !

— Tu fais ton travail et je fais le mien, prêtre. Moi, je propose gratuitement mon aide et n'abuse pas de ces pauvres gens en leur promettant l'impossible. Que leur diras-tu lorsqu'ils ressortiront du temple dans le même état qu'ils y sont entrés ? Que c'est la volonté de Dieu qu'ils restent punis de la sorte et qu'ils doivent se repentir encore plus s'ils veulent être libérés, non pas dans cette vie mais après leur mort ? Est-ce là ce que tu leur diras, prêtre ?

— Ici, je suis le représentant de Dieu, et tu n'as pas à me parler ainsi ! répondit le religieux.

— Tu es un être humain, au même titre que nous tous qui sommes ici, et je ne te reconnais aucune

autorité confiée par Dieu. Maintenant, laisse-moi aider cet homme.
— Misérables pêcheurs, le Seigneur vous punira tous !
— Prêtre, ne crois-tu pas que ces gens sont déjà suffisamment punis ? Assez de tes discours à présent, tais-toi !
Yeshua avait parlé d'une voix ferme et autoritaire, et personne n'avait jamais apostrophé ainsi l'homme d'Église qui se dirigea, furieux, vers le temple et disparut à l'intérieur.
Après quelques minutes d'imposition des mains et de manipulation vertébrale, l'homme s'était relevé peu à peu. Il n'osait pas encore mouvoir son torse car il craignait de ressentir à nouveau ces douleurs insupportables. Il déplia son corps très lentement et, à sa grande stupéfaction, les douleurs semblaient s'être évanouies. Il se redressa alors sur ses pieds, les larmes aux yeux. C'était un miracle ! Ce guérisseur avait réussi à le libérer de sa longue agonie.
— Je n'arrive pas à comprendre ce que tu viens de faire, dit-il d'une voix hésitante, entrecoupée de sanglots. Tu viens de me rendre à la vie. Sois béni étranger, sois béni !

Autour d'eux, le reste de l'assemblée était resté silencieux. Emplis de stupeur, les témoins étaient visiblement sous l'effet d'une forte émotion. Puis, peu à peu, les visages s'étaient ouverts. À présent, ils riaient, pleuraient et voulaient tous que Yeshua leur impose les mains. Ils en avaient oublié le temple et ses eaux miraculeuses.

— Je vais aider vos corps à se rétablir, leur dit-il. Mais sachez que la guérison ne sera pas immédiate pour tous. Parfois, soigner le corps ne suffit pas si vos esprits et vos âmes sont troublés par des énergies destructives comme la jalousie, la haine, la colère ou l'envie. Vous devez d'abord accepter de vous pardonner à vous-mêmes et à tous, abandonner vos tristesses, vos chagrins et vos ressentiments. Il vous faudra ensuite croire en la guérison. Vous devrez extirper tout doute de votre cœur, comme vous le feriez d'une épine dans votre peau.

Il poursuivit :

— Le matin, lorsque vous vous réveillez, prenez quelques instants pour vous connecter à votre Centre sacré, l'essence de votre être, et dans cet état méditatif, sentez que votre corps se répare, que les énergies travaillent à l'intérieur, qu'elles vibrent en chacune de vos fibres. Le soir, au moment de vous endormir, imaginez et vivez dans tout votre être cet état de guérison, comme si elle avait déjà eu lieu. Si vous faites tout cela, alors vous aurez de grandes chances de recouvrer une santé parfaite.

Ils avaient écouté solennellement. Yeshua leur imposa alors les mains, un à un. Il était émouvant de voir à nouveau la joie illuminer le visage de ces malheureux.

Puis tous redescendirent vers la vallée en chantant et en riant. Seul le prêtre était sombre. Il était venu de la cité d'Ephraïm à dos d'âne, à une journée de distance du temple, pour mener cette cérémonie, et il entendait ne pas laisser cet étranger impuni. Ce Yeshua avait été envoyé par le diable pour détourner le peuple de l'Église, pensait-il. Il fallait découvrir d'où il venait et qui il était réellement.

XIX.

Nous prîmes ensuite la direction du sud-est, vers Jéricho. Partout sur la route, Yeshua soignait des malades et sa réputation de guérisseur le précédait. En effet, le récit de ce qui s'était déroulé au temple d'Arimathie avait circulé de village en village, de colline en colline et de plaine en plaine. Des hommes, des femmes et des enfants de toutes les couches de la population venaient à présent à sa rencontre recevoir quelques bribes de sagesse ou soulager leurs maux.

En approchant de Jéricho, une foule joyeuse de plusieurs dizaines de personnes nous fit un accueil triomphal devant les portes de la cité. Une femme s'avança en nous offrant de l'eau fraîche et des dattes.

— Bienvenue à toi et à ta compagne, Yeshua. Nous sommes heureux et fiers de t'accueillir. Il y a parmi nous de nombreux invalides et de nombreux malades qui souhaitent recevoir l'imposition des mains comme tu l'as fait à Arimathie. Et tous nous sommes venus apprendre de toi et recevoir tes paroles de sagesse. Parle-nous, s'il te plaît, nous t'écoutons.

— Merci, mes amis. Votre accueil me réchauffe le cœur. Je sais que beaucoup parmi vous m'attribuent des pouvoirs que je ne possède pas et certains commencent à me nommer « le fils de Dieu ». Avant tout, laissez-moi vous expliquer une chose. Nous sommes tous fils et filles de Dieu, je ne le suis pas plus que n'importe lequel d'entre vous. Et ce que j'ai fait, chacun de vous peut le faire également. Je ne suis ni un surhomme ni le messie mentionné dans vos écritures. Je suis un simple être humain, venu apporter à ceux qui veulent bien l'entendre un message de paix, d'amour, d'espoir et de liberté. Je suis venu aider ceux qui sont tombés à terre à se relever. Je suis venu expliquer à ceux qui souffrent qu'ils ont en eux le potentiel de soigner leurs plaies et que c'est là, au fond de leur cœur et nulle part ailleurs, qu'ils doivent chercher.

J'ai souvent répété que vous devez redevenir comme des enfants avant de trouver ce que je nomme le

Royaume des Cieux. En grandissant, les hommes perdent peu à peu le sens de la magie, du mystère et du merveilleux. Ils s'enferment dans des habitudes, dans des conditionnements et dans des croyances qui vont peu à peu les limiter. Ils se soumettent à un dur labeur et aux règles dictées par les prêtres dans l'espoir d'un repos éternel après leur mort en un lieu mythique qu'ils appellent le paradis. Ils confient les rênes de leur destinée aux religions, aux pouvoirs qui dirigent la cité, et ainsi se déroule leur vie dans une résignation passive. Observez vos enfants avant qu'ils ne soient eux aussi broyés par les dogmes. Voyez comme ils vivent. Ils sont créatifs et créateurs dans tous les domaines, ils sont encore libres ! Un jour, ils sont princes, un autre ils sont artistes, un autre encore médecins. À chaque nouvelle aube, ils réinventent leur vie. Ils possèdent une curiosité sans limite qui leur permet d'être ouverts à tout et d'accueillir joyeusement la nouveauté, la découverte. Ils représentent l'avenir, mes amis, alors ne permettez plus aux religions et à leurs dogmes désuets de leur ôter ces précieuses qualités. En enseignant leurs principes aux hommes dès leur plus tendre enfance, avant que ceux-ci ne soient à même de distinguer le vrai du faux, les religieux implantent habilement dans leur esprit des notions dont ils peineront à se défaire. La peur du châtiment céleste fera désormais partie de leurs croyances et ils grandiront, pauvres créatures terrorisées à l'idée d'être punies par leur créateur. Voilà ce que signifiaient mes paroles : libérez-vous de toute forme de superstition et ne laissez plus les autorités extérieures vous enfermer dans leurs lois prétendument divines parce que c'est la tradition et que tous doivent s'y soumettre. Elles ont besoin de vous mais vous n'avez guère besoin d'elles. Mes amis, nul besoin d'attendre d'être mort avant de connaître la félicité, vous pouvez créer votre paradis ici même et maintenant ! C'est votre droit de naissance et c'est ce que Dieu veut pour vous ! Levez-vous et marchez vers la liberté !

Une clameur joyeuse s'éleva de la foule et des applaudissements enthousiastes saluèrent les paroles qui venaient d'être prononcées.

— Demain je vous entretiendrai du Royaume des Cieux, mes amis. Mais à présent, que les malades s'approchent. Je vais leur imposer les mains.

Durant un long moment, il réconforta les êtres en souffrance. Je me tenais à ses côtés et leur offrais mon sourire. Il était bon de pouvoir aider les autres.

Un homme s'était discrètement éclipsé de la foule à la fin du sermon. La tête cachée sous une capuche, il avait furtivement rejoint la porte de la cité. C'était un espion envoyé par les autorités religieuses pour surveiller Yeshua. Il s'en allait rapporter à ses maîtres ce qu'il venait d'entendre.

Des habitants nous hébergèrent pour la nuit. Nous bénéficions souvent de l'hospitalité des êtres rencontrés sur la route et des dons que les familles des malades nous faisaient. Nous aimions particulièrement faire halte dans les communautés de femmes et d'hommes libres qui avaient choisi de vivre à l'écart de la société et de ses lois, en parfaite autarcie. Eux aussi refusaient l'autorité des prêtres et ils vivaient leur propre spiritualité en accord avec la nature. Yeshua ne demandait jamais rien en échange de ses soins et, parfois, nous recevions de l'argent, parfois de la nourriture, parfois des vêtements. Il disait qu'il était inutile de se charger de plus de bagages que nécessaire sur le chemin de la vie car, sinon, ceux-ci se transformaient vite en fardeaux qui finissaient par troubler la paix de l'âme.

Au matin, nous rejoignîmes, avec nos hôtes, le mont aux Oliviers d'où il allait s'adresser au peuple.

Une foule cosmopolite était déjà présente sur les lieux et nous attendait. Parmi elle se trouvaient plusieurs filles jeunes et jolies qui cherchaient à attirer son attention en lui adressant de larges sourires. Yeshua exerçait un attrait peu commun sur les femmes, j'en savais quelque chose ! Il aimait d'ailleurs leur compagnie car il s'émouvait de leur condition. Son attitude scandalisait les tenants des traditions, car il bafouait les interdictions rituelles en leur parlant et en les appelant par leur nom.

J'étais flattée qu'il m'ait désirée, moi, et qu'il m'ait choisie pour vivre à ses côtés, mais je ne pouvais parfois m'empêcher de ressentir une certaine jalousie. Il était beau, il possédait une belle âme et il était par là même l'objet de nombreuses convoitises féminines. Son magnétisme puissant attirait notamment les regards lascifs et insistants de riches Romaines. Ces femmes, souvent d'âge mûr, aimaient à s'abandonner dans les bras vigoureux des jeunes hommes de notre peuple. Elles étaient semblables à des mantes religieuses qui consommaient les amants avant de les rejeter ensuite avec mépris. Si, au moins, elles parvenaient à saisir le sens de son message, peut-être alors pourraient-elles changer ?

— Je te sens troublée, ma belle Miriam. Je crois que ton cœur est inquiet à propos de ces femmes qui cherchent à m'approcher, me dit-il. Souviens-toi de notre première rencontre, tu es ce qui m'est arrivé de plus précieux. Je t'aime, Miriam, et je renouvelle mes vœux en ce sens chaque matin. Tu n'as rien à craindre de ces autres femmes, tu es la seule et nulle autre ne vaudra jamais la peine que je prenne le risque de te perdre.
— Je le sais, Yeshua. Je t'aime aussi et je ne ferai jamais rien qui puisse t'éloigner de moi.
Il m'embrassa puis il s'adressa à la foule du haut de la colline.
— Mes amis, vous êtes venus nombreux et je vous en remercie. Parmi vous se trouvent des malades, des âmes en souffrance et des cœurs troublés. C'est pour eux que je suis venu, pour leur apporter un message de paix, d'espoir, d'amour et de liberté. Sachez avant toute chose que mon enseignement déplaît à vos chefs religieux et que je subis régulièrement l'opprobre de leur part. Même si certains parmi eux sont peut-être animés de nobles intentions, ils n'aiment guère entendre la voix du changement. Voyez la façon dont vivent les prêtres dans vos cités : ils se considèrent comme des êtres

à part du peuple et cherchent à exercer un contrôle total sur la vie de tous. Les religions traditionnelles détruisent la spiritualité car elles n'ont pas été créées pour libérer l'esprit, mais pour l'emprisonner entre des murs de peur, de limitation et d'ignorance. Elles vous demandent de croire en leurs paroles parce que celles-ci proviennent de leurs textes sacrés. Moi, je vous le dis : oubliez ce qui est écrit si cela va à l'encontre de vos sentiments et fiez-vous uniquement à votre cœur. Lui ne vous trompera jamais ! Je prône une spiritualité individuelle, sans dogme, sans temple ni église. Je vous le dis, cherchez d'abord le Royaume des Cieux, sa paix et sa justice, et tout le reste vous sera donné ! Mes amis, je vais vous dévoiler un secret savamment occulté par les prêtres : Dieu est en vous et vous êtes en Dieu ! Cherchez-le et vous le trouverez, demandez-le et vous le recevrez !

Vous avez vécu dès l'enfance avec l'idée que vous deviez vous soumettre à un créateur tout-puissant, et vos traditions vous ont enseigné la culpabilité. « Obéissez, courbez-vous en baissant les yeux car telle est sa volonté pour vous. » C'est ce que vous avez appris, mais la vérité est tout autre. Vous êtes de haute lignée, vous avez de la valeur et vous êtes nés pour être heureux ! Ce que j'appelle le Royaume des Cieux, c'est votre essence, votre potentiel de joie, d'amour, de sagesse. Votre tâche est de développer ce potentiel pour le bien de tous et de vivre pleinement selon votre nature, sans nuire à vous-même ni à personne. Il n'y a pas d'autre vérité, le reste n'est que création des religions et croyances sans fondement !

De plus, je vous le dis, ne craignez pas la mort car nul jugement ne vous attend dans l'au-delà ! Personne ne sait de quoi demain sera fait, ni même ce qui se passera dans la prochaine heure. Nul ne sait quand viendra le moment où son souffle s'éteindra et où son cœur cessera de battre. Ces prêtres qui prétendent avec arrogance vous enseigner ce qui vous attend après la mort, comment donc le sauraient-ils ? Sont-ils capables de vous dire ce que sera votre vie dans une heure ? Dans un jour, dans un an ? Non, bien sûr. Alors encore moins ce que sera votre après-vie ! La sagesse recommande de bien vivre le moment présent car c'est là tout ce dont nous disposons.

Voyez, mes frères, mes sœurs, j'ai visité loin de nos terres bien d'autres peuples ayant leurs propres religions dont les croyances diffèrent de celles des

gardiens de nos temples. Il y a en ce monde autant de croyances qu'il y a de peuples. Les dogmes de ces diverses religions s'affrontent, se contredisent, chacune pensant être la seule à détenir la vérité. Mais si elles étaient dans le vrai, ne croyez-vous pas que tous les hommes viendraient au monde avec une seule et même croyance ? Or, ce n'est pas le cas car les règles religieuses n'existent pas chez le nouveau-né, elles sont bel et bien apprises.
Le Royaume des Cieux est cette intelligence infinie, universelle, qui se manifeste en tout et à travers tous. Elle est le Mystère, la source de toute vie, elle est à l'œuvre dans la plante qui fleurit, dans l'oiseau qui chante, dans l'arbre qui croît, dans le rire de l'enfant, dans le changement des saisons, dans le ciel étoilé. Ce que nous voyons est sa manifestation sous une infinité de formes, et pourtant, elle qui est la cause reste invisible à nos yeux. Elle ne s'impose à personne mais nous ressentons parfois sa douce présence lorsque notre âme s'émeut à l'écoute d'une belle musique, face à un paysage grandiose ou devant le spectacle majestueux du soleil qui se lève sur les montagnes. Celui qui apprend à s'unir consciemment à cette présence découvre alors une perle de grande valeur. En se fondant à elle, il est

possible de guérir le corps, de libérer l'esprit, de réaliser ses rêves, d'accomplir ce que les hommes appellent miracles ! Il y a en chacun des énergies qui demandent à s'exprimer et à s'élever, il y a en chacun le désir inconscient de transcender sa condition et de se fondre dans le Divin. Cette intelligence toute-puissante, sans début ni fin, est omniprésente et infinie, mais elle se met au service de l'homme dès l'instant où celui-ci la reconnaît. L'âme humaine et l'âme divine travaillent alors de concert vers l'accomplissement de la plus haute destinée.

Il y a en chacun de vous une étincelle divine qui est pure lumière, pur amour et pure sagesse, et votre tâche est de la faire briller afin qu'elle illumine le monde. Voilà ce que devraient vous enseigner les religions au lieu de vous enfermer derrière des dogmes et des superstitions puériles.

Mes frères, mes sœurs, vous qui peinez sur le chemin de la vie, abreuvez-vous à cette source infinie et vos tourments s'évanouiront aussi sûrement que la neige fond lorsque les rayons du soleil viennent réchauffer la terre !

Un orage éclata soudainement et la pluie se mit à tomber. Après des semaines de sécheresse, l'eau qui

venait du ciel arrivait comme une bénédiction et nous l'accueillîmes en riant, en dansant et en lui offrant nos mains, nos corps et nos visages.
Certains y virent un signe céleste et, oubliant déjà ce que Yeshua venait de leur dire, clamèrent qu'il était l'envoyé de Dieu. Pour l'espion aux ordres du clergé, cet homme représentait définitivement une menace. Il ne pouvait être que l'émissaire du Diable.

XX.

Un peu plus tard je demandai à Yeshua :

— N'es-tu jamais fatigué de prêcher à tous ces gens ? Combien parmi eux comprennent vraiment le sens de ton message ?

— Vois-tu, peu importe qu'une seule personne en ait saisi le sens ou bien qu'elles soient des milliers. Les mots et les idées ont le pouvoir de changer le monde et beaucoup sous-estiment leur force. As-tu observé les marchands qui utilisent une balance à plateaux pour peser leur marchandise ? Alors que le poids de celle-ci maintient l'un des plateaux au sol, ils ajoutent un à un les plombs sur le second plateau. Et c'est finalement sous l'action d'un seul d'entre eux que les plateaux vont finalement se mouvoir et s'équilibrer. Une seule voix suffit à en entraîner des milliers.

Les mots représentent plus que ce qu'ils désignent. Ils véhiculent des sentiments, des concepts et des émotions. Ils portent en eux toute une vie bien plus riche qu'ils ne le laissent paraître au premier abord. Lorsque je prononce ton nom, Miriam, je ne nomme pas uniquement la belle femme qui se trouve physiquement à mes côtés, j'évoque aussi sa vie, ses émotions, son histoire passée, ses états d'âme, ses désirs, ses espoirs, ses rêves. En fait, tout son univers ! Un seul mot renferme tout un livre, comprends-tu ? Il figure des images, des parfums, des sensations, des musiques… Il contient en lui tout un monde ! Les mots sont puissants, ils rayonnent une énergie qui peut s'avérer redoutable entre de mauvaises mains mais bénéfique si elle est utilisée à des fins positives.

Je me souvins alors de la mystérieuse mendiante qui avait tracé des caractères hébraïques sur le sable, au marché de Magdala. Elle possédait certainement le secret des mots.
Yeshua poursuivit :
— Une parole peut indistinctement bénir ou maudire, construire ou détruire, tuer ou guérir, illuminer une journée ou l'assombrir. Elle peut suffire à déclencher une guerre ou à y mettre fin. Vois-tu,

une simple étincelle peut allumer l'incendie qui détruira la forêt. Le langage est un outil formidable mais il peut parfois s'avérer une arme bien destructrice. Les hommes ont appris à domestiquer les bêtes, ils ont appris à domestiquer les forces de la nature, mais ils n'ont toujours pas appris à domestiquer leur langue. Voilà un bien petit organe dans le corps mais pourtant si difficile à maîtriser ! Nous devons être prudents dans le choix des mots que nous utilisons. S'ils sont positifs, ils nous renforceront mais s'ils sont négatifs ils nous affaibliront car ils sont avant tout des énergies. Nous devons être pleinement conscients de leur puissance.
Et souviens-toi qu'ils sont semblables à des plumes lancées au vent. Une fois qu'ils ont pris leur envol il est trop tard pour les rattraper.

XXI.

Un matin, alors que nous nous promenions dans les rues de Jéricho, une fillette d'une dizaine d'années attira notre attention. Elle était assise à même le sol sous un large figuier et elle pleurait en silence. Je m'agenouillai à ses côtés.

— Ma petite, tu sembles bien triste, veux-tu me dire pourquoi tu pleures ainsi ?

— Papa et maman se sont encore disputés. Je ne supporte plus d'entendre leurs cris, alors j'ai couru hors de la maison pour venir ici. Pourquoi les grandes personnes se disent-elles des choses méchantes ? Quand on fait des enfants, c'est parce qu'on s'aime, et si on s'aime, alors on ne crie pas l'un contre l'autre, n'ai-je pas raison ? Tu crois qu'ils ne s'aiment plus maintenant ? Tu crois que c'est à cause de moi ?

Ses sanglots reprirent de plus belle et je posai mes bras autour de ses épaules.

— Ne pleure pas ma petite, tu n'y es pour rien. Parfois les adultes se mettent en colère pour de mauvaises raisons et ils le regrettent ensuite. Dis-moi, comment t'appelles-tu ?

— Je m'appelle Sarah.

— Je suis ravie de faire ta connaissance, Sarah. J'ai une sœur qui porte le même prénom que toi. Moi, c'est Miriam. Et voici Yeshua.

Nous consolâmes la petite fille et, en nous quittant, elle dit :

— Finalement je ne suis pas pressée de grandir. Je crois que les enfants sont quand même plus heureux que les adultes, même s'ils pleurent plus souvent.

— Tu as raison, Sarah. Ne sois pas trop pressée de devenir grande, tu le seras bien assez tôt.

Alors que je prononçais ces mots, des images furtives du passé me revinrent en mémoire. Je revis le visage de mon père que la folie des hommes m'avait volé trop tôt et je comprenais combien il manquait à ma vie. Que me restait-il à présent de mes années d'enfance, sinon quelques souvenirs nostalgiques qui réveillaient mes larmes ?

Yeshua perçut mon trouble et me serra contre lui.

— Le temps passé ne revient jamais, c'est la raison pour laquelle il est si important de savourer l'instant présent, comme s'il s'agissait d'un fruit sacré, et d'en extraire la pulpe avec délice. Il faut surtout dire aux gens qui cheminent à nos côtés combien nous les aimons car un jour, ils ne seront plus, et alors il sera trop tard.

— Je t'aime, Yeshua.

— Je t'aime, Miriam.

XXII.

Jérusalem était le centre vital de la Judée et une vaste cité aux rues effervescentes. Elle attirait des marchands de toutes les provinces, ainsi que des caravanes qui venaient d'Orient y vendre leurs épices et leurs étoffes. C'était une ville cosmopolite et des ethnies aux croyances diverses y vivaient en harmonie, sous le regard discret mais bien présent des autorités romaines. Beaucoup de jeunes gens quittaient leur campagne et faisaient route jusqu'ici en espérant y trouver une vie meilleure. Bien souvent, leurs rêves d'une vie facile et opulente venaient s'y briser et ils s'en retournaient alors dans leurs contrées, un peu plus misérables qu'ils ne l'étaient en arrivant.

Les prêtres dominaient la vie de la cité et travaillaient avec l'administration romaine à maintenir l'ordre. Des idées subversives circulaient depuis peu parmi

la jeunesse citadine que le contact permanent avec d'autres cultures éloignait de la religion établie. Il commençait à flotter dans l'air un parfum de révolte et les autorités religieuses en avaient été avisées par leurs nombreux espions qui se mêlaient à la population.
Là comme ailleurs, des groupes de femmes et d'hommes étaient venus à notre rencontre. Le message apporté par Yeshua circulait de bouche à oreille et les récits de ses guérisons enthousiasmaient une foule de plus en plus importante. Là encore, il leur parla longuement du Royaume des Cieux, puis nous pénétrâmes dans la cité. Je n'étais jamais venue à Jérusalem auparavant et les rues, pourtant larges, semblaient peiner à contenir tous ces gens qui couraient, qui vendaient, qui parlaient fort dans des dialectes que je ne reconnaissais pas. La ville ressemblait à une vaste fourmilière et je serrai un peu plus la main de Yeshua.
Alors que nous passions devant des échoppes en plein air, un homme nous interpella.
— Holà, voyageurs ! Venez tenter votre chance et vous enrichir de quelques shekels. Si vous pouvez me dire sous laquelle de ces trois tasses retournées se cache cet écu, je vous donnerai le double de votre mise !
Il déposa alors une pièce en bronze sous l'une des coupelles qu'il fit changer rapidement de place en

les faisant glisser à plusieurs reprises sur le plateau de sa petite table.

— Voilà, je l'avais placée sous la tasse du milieu, où est-elle maintenant ? demanda-t-il à Yeshua.

— Elle se trouve toujours là où tu l'avais mise, au milieu, lui répondit ce dernier.

L'homme retourna la coupelle du milieu et, effectivement, l'écu s'y trouvait.

— Tu vois, mon ami, ce n'était pas compliqué. C'était une démonstration pour que tu comprennes le jeu. Maintenant, si tu joues tes shekels, tu vas devenir riche !

— Mes richesses me suffisent amplement mais je veux bien faire quelques parties avec toi, lui répondit Yeshua en sortant quelques pièces de sa tunique.

Je fus surprise par sa réaction car je ne l'imaginais pas capable de jouer pour de l'argent. Il me lança discrètement un regard amusé et me fit un clin d'œil complice. Je comprenais, à présent. L'homme l'avait laissé gagner la première partie. Ce bateleur était un escroc qui abusait de la naïveté des imprudents, et Yeshua entendait lui donner une leçon.

— Es-tu prêt, étranger ? Regarde bien ou je place ta pièce.

— Je suis prêt, bouge les coupelles.

L'homme s'exécuta et fit glisser les tasses encore plus rapidement que la première fois.

— L'écu se trouve sous la tasse de gauche, lui dit Yeshua.

L'homme la retourna en hésitant car il savait que la pièce s'y trouvait.

— Tu as de la chance, dit-il. Si tu rejoues ce que tu viens de gagner, tu vas devenir encore bien plus riche !

Il joua ainsi plusieurs fois et, chaque fois, Yeshua savait où était la pièce. Le bateleur n'avait jamais vu une telle chose se produire et il devint de plus en plus nerveux. De nombreux passants s'étaient arrêtés à notre hauteur et assistaient, enthousiastes, au spectacle.

— Ça suffit maintenant, étranger ! Il est impossible de gagner comme tu le fais, tu es un tricheur !

— Tu m'accuses de tricher alors que c'est toi qui fais bouger les tasses ! Moi, je ne les touche pas. Je pense plutôt que c'est toi qui triches car tu me fais gagner à tous les coups !

La foule autour de nous éclata de rire et commença à huer le bateleur. Celui-ci n'avait plus à présent qu'une seule idée, se sortir de cette situation inconfortable au plus vite.

— Soit, tu m'as ruiné, étranger. J'ignore comment tu as fait mais voilà tes gains.

Il lui remit plusieurs écus puis disparut rapidement en emportant sous son bras sa table et ses coupelles. Les badauds applaudirent Yeshua et celui-ci les salua, tel un comédien à la fin du spectacle.

— Merci, mes amis, merci. Mais j'aperçois parmi vous quelques mendiants, avancez-vous vers moi s'il vous plaît.

Ceux-ci s'approchèrent timidement du mystérieux étranger. Que leur voulait-il donc ?

— Mes pauvres amis, certains parmi vous n'ont sans doute pas fait un vrai repas depuis des jours, voire des semaines. Tenez, ces shekels que je viens de gagner sont à vous, faites-vous plaisir aux thermes, prenez-y un bain rafraîchissant, puis offrez à vos estomacs une nourriture digne de rois !

Un grand silence se fit dans l'assemblée, puis des salves d'applaudissements et des cris joyeux éclatèrent à nouveau. Les mendiants pleuraient en regardant avec reconnaissance cet homme qui respectait leur humanité.

Il leur dit simplement :

— Allez en paix, mes frères, et croyez-moi lorsque je vous dis que vous avez en vous le pouvoir de changer. Aujourd'hui, vous êtes miséreux, mais demain, vous pouvez devenir des princes.

Des grands prêtres avaient également assisté à la scène au milieu de la foule. Un homme dont la tête était dissimulée sous une capuche chuchota quelque chose à l'oreille de l'un d'eux.
— C'est lui, c'est l'homme qui guérit les malades et qui éloigne les gens de notre Dieu. Il vient maintenant pervertir les esprits dans notre cité. Je l'ai entendu lorsqu'il a parlé à Jéricho, il est dangereux.

Aussitôt l'un des chefs religieux apostropha Yeshua.
— Alors, c'est toi celui dont on parle tant dans toutes nos provinces ? C'est toi qui parles aux foules et qui les éloignes de nous ? Nous connaissons tes propos et nous savons que tu n'as aucun respect pour nous ni pour nos livres sacrés ! Certains pensent que tu es le fils de Dieu, d'autres que tu fomentes une révolte contre l'autorité. Mais moi, je pense que tu n'es qu'un imposteur ! Sans nous et notre pouvoir sur lui, le peuple serait livré à lui-même et courrait à sa perte. Alors laisse-nous diriger ces gens et repars d'où tu viens ! Nous sommes les seuls à connaître la volonté de Dieu, et sa volonté est que tu t'en ailles, maintenant !
Yeshua le regarda, quelque peu surpris par la violence des propos.

— Je t'ai entendu, prêtre, mais je suis un homme libre et tu n'as pas à me donner d'ordre. Je dis ce que j'ai à dire et les gens qui m'écoutent prennent ce qui est bon pour eux. Je ne suis ni le fils de Dieu, ni un fomentateur de révolte, je propose simplement à qui veut m'entendre les clés d'un monde plus juste et plus libre. Vous, vous demandez au peuple de se soumettre à vos lois divines et de vous obéir. Or vous n'appliquez pas vous-mêmes les règles et les dogmes que vous imposez aux autres. Vous portez de belles tuniques brodées d'or et des pierres précieuses ornent vos doigts. Vous aimez à être vus et admirés par tous et vous vous repaissez de vin et de festins lorsque les humbles peinent à nourrir leurs enfants par un dur labeur. Vous chargez le peuple de fardeaux qu'il peut à peine porter et vous ne bougez pas un seul doigt pour l'aider. Bien que vous ne les possédiez pas, vous avez caché les clés de la connaissance et vous chassez ceux qui les recherchent. Votre arrogance vous aveugle, toi et tes semblables. Et comment donc, aveugles que vous êtes, pouvez-vous guider d'autres aveugles ? Vous menez les âmes à leur perte ! N'aie crainte, je vais quitter votre cité car je te sens prêt à lâcher tes gardes contre moi et contre ceux qui m'accompagnent. Mais je reviendrai, prêtre, car nul ne peut s'opposer à la marche de la vérité !

Nous quittâmes la grande cité et nous nous remîmes en route vers les provinces du nord. En quittant Jérusalem, Yeshua n'avait pas prononcé un mot et, pour la première fois, je le sentais triste. Je me serrai très fort contre lui. Puis il me dit :

— Pauvres petits hommes qui se prennent tant au sérieux ! Ils ne comprennent pas qu'ils ne sont que poussière dans le vent et qu'un jour ils seront amenés à disparaître. Et qu'auront-ils fait de leur vie, sinon la rendre misérable et rendre misérable celle de leurs frères !

Lorsque la nuit vint recouvrir la plaine, c'est moi qui lui prodiguai un massage à l'huile d'amande douce. Ses muscles étaient noués et tendus, mais progressivement, ils s'étaient relâchés.

— Tes mains font des merveilles, Miriam. Elles sont si douces et si légères. Je suis content de t'avoir avec moi.

Je lui souris en silence puis passai ma main dans ses cheveux. J'embrassai tendrement son visage puis nous nous endormîmes sous les étoiles, dans les bras l'un de l'autre.

XXIII.

Nous décidâmes de passer la fin de la saison de *kayitz* à Nazareth puis de remonter vers ma cité, Magdala. Je n'avais pas revu ma mère ni mes sœurs depuis mon départ et elles me manquaient. Nous étions fatigués et Yeshua souhaitait auparavant se reposer de ces longues semaines de vie nomade auprès de ses proches. Depuis que je l'accompagnais, nous avions parcouru sans répit les provinces, souvent sous une chaleur accablante, et il serait bon de se poser quelque temps dans un endroit familier. Je retrouvai donc Macha et Yosef avec un plaisir immense. Entre de longues siestes paresseuses à l'abri des pins et des oliviers, j'aidais Macha à la cuisine et Yeshua accompagnait son père dans les collines pour couper du bois.

La vie s'écoula ainsi paisiblement en cette fin de saison, et nous reprîmes des forces. Je repensai aux visages que nous avions croisés sur la route et à tous ces êtres en peine que nous avions aidés. Je demandai à Yeshua :

— Pourquoi l'existence humaine est-elle traversée par tant de souffrance ?

— Il est difficile de répondre à cette question. Souffrir semble le lot de tous les êtres, pas simplement celui des hommes. Regarde la nature, bien qu'elle soit belle et pourvoie généreusement aux besoins de tous, elle apporte aussi la mort, la lutte pour survivre, la peur constante de la proie qui cherche à échapper au prédateur. La priorité et la seule raison d'être des plantes et des animaux est la reproduction de l'espèce, et peu importe si cela se fait au détriment des autres vies. Vois-tu, la nature peut se montrer bien cruelle, parfois. Lorsque les éléments se déchaînent en apportant leurs cohortes leurs cohortes de séismes, de raz-de-marée ou d'ouragans, les êtres se sentent bien petits et désarmés. L'homme a développé plus de besoins qu'une simple vie animale. Il désire la sécurité, mais aussi l'amour, la santé, l'épanouissement personnel à travers un métier ou un art, l'amitié, la liberté, une famille. Il recherche le bonheur mais bien souvent sans savoir comment le trouver. Il possède au fond

de lui un désir de connaissance et il a besoin de trouver un sens à son existence, de découvrir quelle est sa mission. Alors qu'il est en quête de toutes ces choses, il est inévitable qu'il rencontre des difficultés à les obtenir et il expérimente alors la souffrance et la frustration. Il souffrirait pourtant moins s'il choisissait mieux ses désirs et s'il se laissait guider uniquement par ceux qui lui apportent la paix de l'âme et la santé du corps.
Vois-tu, la vie est pleine d'incertitudes, de paradoxes et de contradictions, et il est toujours possible d'échafauder des théories expliquant les raisons de la souffrance. Certains diront qu'elle nous vient d'une vie antérieure, d'autres de Dieu qui veut ainsi nous éprouver, d'autres encore qu'elle est l'œuvre du hasard. Chacun tentera de trouver une explication mais, au fond, nul ne sait vraiment. Peu importent les causes supposées, il y a simplement des choses qui dépendent de nous et d'autres qui échappent à notre contrôle.
Lorsque l'homme se questionne sur le sens de la vie, c'est parce qu'il sent qu'il y a autre chose que le monde des apparences. Mais bien souvent, il étouffe cette impression derrière la raison, et sa quête s'arrête avant même d'avoir commencé. Mais

pour ceux qui s'aventurent sur le chemin spirituel, une longue route semée d'embûches les attend. Elle les fera douter, ils trébucheront souvent et ils devront avancer en toute confiance, sans savoir s'ils atteindront le but.
Si tu veux mon point de vue, je te dirai que la première cause de souffrance de l'homme, c'est qu'il recherche la stabilité et la permanence au cœur d'un univers où tout est sujet au changement et à l'impermanence. Aucun être, aucune pensée, aucun sentiment, aucun moment ne dure. Tout passe et tout change continuellement. Nous sommes partie intégrante du rythme de la nature qui coule sans cesse et ne se fige jamais. Il est donc vain de vouloir s'y opposer. La seconde raison à la souffrance humaine est que tout homme et toute femme sont habités par le Mystère, par l'Infini. Et c'est pour cette raison que les choses du monde ne peuvent les rendre totalement heureux. Seul le contact avec cette Présence mystérieuse qui se cache au plus profond de leur être pourra leur apporter la vraie plénitude. C'est cet Infini que les sages et les mystiques de tout temps et de toutes civilisations ont loué dans leurs textes, avant que les religions ne viennent l'enfermer derrière leurs murs de dogmes

rigides. Car si chacun le découvrait alors les prêtres et leurs religions n'attireraient plus personne et ils disparaîtraient.
C'est cela que j'appelle le Royaume des Cieux et il se trouve en chacun de nous.

XXIV.

Quelques semaines plus tard, ma mère nous ouvrit sa porte en versant des larmes de joie. J'étais de retour à Magdala, la cité que je n'avais jamais quittée aussi longtemps auparavant.

— Ma fille, ma petite fille, comme tu m'as manqué !

— Toi aussi, ma mère, tu m'as beaucoup manqué. Laisse-moi te présenter Yeshua. Sais-tu que nous sommes désormais mari et femme ? Je n'ai jamais été aussi heureuse car j'ai trouvé à la fois l'amour et ma raison de vivre ! J'ai tant de choses à te raconter !

— Entrez, mes enfants, entrez. Je vais vous préparer du thé chaud et faire appeler tes sœurs.

Les retrouvailles avec Sarah et Deborah furent émouvantes. Elles s'étaient fiancées et allaient se marier au printemps prochain, à la saison d'*aviv*.

Elles voulaient connaître dans les moindres détails le récit de mes aventures depuis mon départ. Nous restâmes à parler et rire jusque tard dans la nuit.
Ma mère m'avait aussi donné des nouvelles de la vie de la cité. Tamar venait d'être affecté à Jérusalem au poste de gouverneur, et il était venu avant son départ demander à ma famille si elle savait où je me trouvais. Pour mon malheur, il n'avait pas renoncé à moi. Depuis notre séparation, il était devenu amer et parfois violent. Il buvait beaucoup et des gens l'avaient entendu proférer des menaces à mon égard alors qu'il rentrait saoul chez lui, tard dans la nuit. Des rumeurs affirmaient qu'il avait rejoint la secte des Fils de Seth. Des histoires terrifiantes circulaient au sujet de ses membres. On les décrivait ambitieux et manipulateurs, on disait même qu'ils pratiquaient des sacrifices humains afin de satisfaire leur dieu cruel. Il se disait que des personnages influents dans la cité appartenaient à ce groupe.
J'espérais bien ne jamais rencontrer Tamar à nouveau.
Nous retournâmes aussi à Yerida, sur la petite place qui avait été témoin de notre première rencontre, et nous écoutâmes le prédicateur qui s'y adressait à la foule ce jour-là. Comme c'était étrange de se

retrouver de nouveau là où tout avait commencé. Ma vie avait tellement changé depuis ce jour !

— Désires-tu manger quelques *shawarmas*, jeune fille ? me demanda Yeshua avec un sourire.

— Oui, j'ai faim. Retournons à cette petite échoppe où l'on sait si bien les préparer.

XXV.

Nous reprîmes la route après quelques semaines d'un repos mérité. Dans les provinces, la réputation de Yeshua avait continué à grandir pendant notre absence. Les légendes les plus folles circulaient maintenant à son sujet, et la voix du peuple lui attribuait des miracles imaginaires. Il aurait ainsi nourri des milliers de pèlerins en multipliant les pains. Il aurait ramené les morts à la vie. Il aurait même marché sur l'eau ! Certains témoins, à Magdala, nous affirmèrent qu'ils l'avaient vu de leurs propres yeux sur le lac. Mais ces mêmes témoins ignoraient qu'ils s'adressaient au même moment à ce supposé faiseur de miracles. Les humains aiment à se raconter des histoires, et chacun voulait y ajouter sa part.

Nous apprîmes que des groupes d'hommes sillonnaient maintenant le pays en prêchant une nouvelle religion dont le prophète n'était autre que Yeshua. Ils en faisaient un dieu et avaient créé de nouvelles règles et de nouveaux dogmes. Même s'ils prêchaient le pardon et l'amour du prochain, leurs paroles ne présentaient qu'une vision réductrice de son message. Eux non plus, à l'instar des anciennes traditions, ne reconnaissaient pas le droit des femmes à être libres. Tout cela était si loin de ce qu'il avait enseigné ! Chaque fois qu'il s'adressait aux foules il tentait alors de rétablir la vérité, mais celles-ci voulaient voir en lui le fils de Dieu mentionné dans les Écritures. Elles s'étaient fermées à l'essence du message et vénéraient à présent le messager.

Yeshua conservait néanmoins sa foi en ce qu'il enseignait.

— Les hommes sont ainsi, me disait-il, la vérité est parfois si simple qu'ils ne la perçoivent pas et ils demandent toujours plus de signes. Beaucoup sont trop paresseux ou trop effrayés pour prendre en main leur destinée, alors ils se réfugient derrière un autre homme, une idéologie ou une religion. Ils se sentent ainsi rassurés en appartenant à un groupe, même s'ils en perdent leur individualité. Ils ignorent qu'ils possèdent au fond d'eux cette part

d'infini à laquelle ils pourraient s'abandonner en toute confiance, cette Intelligence universelle qui les guiderait vers leur accomplissement, si seulement ils l'invitaient et s'ouvraient à elle. Au lieu de cela, ils préfèrent se rassembler derrière un guide en pensant qu'il leur apportera une vie plus douce. Pourtant, s'ils ont été créés si différents les uns des autres, ce n'est pas pour porter le même uniforme.
Ils pensent ainsi qu'en suivant de nouvelles lois dictées par des voix extérieures ils deviendront autres, alors que moi je leur enseigne à devenir pleinement ce qu'ils sont au fond d'eux-mêmes. Et non pas à se perdre en suivant la voie de quelqu'un d'autre. Est-ce que la rose se dit : j'aimerais être un tournesol parce qu'il a la couleur du soleil et que ses fleurs se dressent en hauteur vers le ciel ? Est-ce que l'olivier se dit : j'aimerais être un cèdre parce que sa cime touche parfois les nuages ? Non, bien sûr. La rose et l'olivier sont empreints de sagesse. Ils s'épanouissent en produisant, selon leur nature propre, des fleurs et des fruits toujours plus parfaits, et ils deviennent de la sorte de plus en plus beaux, en offrant à tous ce qu'ils ont de meilleur.
Vois-tu, je suis venu enseigner aux hommes la voie qui leur permettra de se libérer de leurs

conditionnements, de leurs limitations, et de faire resplendir cette lumière qui les habite. Ils ne se rendent pas compte que leur vie est de courte durée et qu'ils doivent avant tout être fidèles à eux-mêmes avant de l'être à d'autres. Ils devraient s'imposer leur propre discipline plutôt que se la faire imposer de l'extérieur, ils deviendraient ainsi de plus en plus libres, de plus en plus heureux.

Je leur ai dit : « Aimez votre prochain comme vous-même » mais ils ont souvent oublié la seconde partie de cette phrase. L'amour commence par soi-même, ensuite nous pouvons le donner sans rien attendre en retour. Nul ne peut offrir ce qu'il n'a pas. Nous devrions être à l'image du soleil qui donne généreusement à tous sa lumière et sa chaleur.

Mais eux, ceux qui se réclament à présent de moi, remettent aux hommes leurs chaînes sans même s'en rendre compte.

Un soir, nous fîmes halte sur une colline de roches arides au-dessus du lac de Tibériade. Face à nous, au pied des rochers, la vaste surface bleue aux reflets irisés s'étendait dans la plaine à perte de vue. Nous allumâmes un feu puis nous dormîmes dans un abri de pierre, sous la clarté de la lune.

Peu avant le lever du jour, je me réveillai et vis Yeshua qui ranimait les braises en silence. Il me dit ces mots :
— Des visions ont troublé mon sommeil, Miriam. Cela ne m'était pas arrivé depuis bien longtemps. Elles annoncent toujours des changements à venir. Viens t'asseoir près de moi, je vais te dire ce qu'elles m'ont révélé.
Le bleu sombre du ciel commençait déjà à s'éclaircir à l'horizon. Dans peu de temps, le disque orange du soleil levant viendrait illuminer le monde.
— Regarde cette plaine juste avant l'aube, elle est belle, n'est-ce pas ? Tout y est si calme et si tranquille. La nature se repose avant d'entamer un nouveau jour. Pourtant, un matin, les choses vont changer à tout jamais pour les habitants de ces lieux. Un grondement sourd se fera entendre au loin, qui s'amplifiera en se rapprochant. Le sol se mettra à trembler sous les sabots de milliers de chevaux montés par des hommes portant lances et épées, et une large croix sur leur armure. Telle une horde sauvage, ces cavaliers portant le heaume viendront des terres d'Occident semer la mort et la désolation sur cette douce vallée. Menés par des hommes coiffés de la mitre, animés par

une folie meurtrière, ils détruiront tout sur leur passage et laisseront ces terres brûlées et dévastées. Ils nommeront cela une sainte croisade et ils n'épargneront personne, ni homme, ni femme, ni enfant. Ils réclameront toujours plus de sang au nom de celui qu'ils nommeront le Seigneur. Au vu des crimes abominables qu'ils commettront sur ce sol, je crois qu'ils seront plutôt les envoyés du saigneur. Et sais-tu pourquoi ces hommes agiront ainsi ? Ces mercenaires menés par des religieux illuminés par la haine se réclameront de mon nom ! Quelle tristesse !

Tu as vu ces groupes d'hommes qui parcourent déjà nos provinces en faisant de moi un dieu et en déformant mon message ? Eh bien, dans les siècles à venir, une légende naîtra autour de mon action. Mon nom sera changé et les tenants d'une nouvelle religion me prêteront des propos insensés que je n'ai jamais tenus. Ils créeront un mythe de toutes pièces qu'ils utiliseront pour servir de bien sombres desseins. Ces êtres avides de pouvoir, de puissance et de richesse utiliseront mon message d'amour, de paix et de tolérance pour déclencher des guerres et des conquêtes sur toute la surface de la terre. Ne vois-tu pas là une contradiction bien triste ?

Hélas pour l'humanité tout entière ! Cette religion la maintiendra asservie pendant plusieurs siècles, avant qu'enfin elle se meure d'elle-même et que les âmes se libèrent de ce fléau. Mais combien la route sera longue avant d'atteindre ce moment libérateur, combien de larmes, combien de vies broyées, combien de sang versé !

Lorsque j'aurai quitté ce monde, ces petits groupes qui se réclament déjà comme mes disciples élaboreront des règles mais ils ne feront que reproduire les anciennes croyances. Ils diront que je suis le fils unique de Dieu – car selon eux, Dieu ne peut avoir de filles – et que je suis venu ici-bas pour sauver l'humanité. Vois-tu, leur religion sera encore une histoire d'hommes où les femmes n'auront pas leur place.

Ils me dresseront des statues, ils me bâtiront des temples, des églises et des cathédrales. Ils feront de moi une idole de bois et de pierre, une gravure morte à vénérer au lieu d'un idéal à suivre. Ils chercheront à imposer la croyance en l'attente d'un sauveur extérieur, alors qu'il appartient à chacune et à chacun d'accéder par soi-même à la libération en apprenant à se relier à sa propre source intérieure. Pauvres esprits aveuglés par leurs superstitions ! Ils ignoreront que les civilisations qui les ont précédés avaient déjà élaboré le mythe d'un sauveur né d'une vierge, offrant sa vie en sacrifice pour racheter les pêchés du monde. D'autres cultes existaient bien avant eux, qui reposaient sur une histoire identique. Il n'y a là rien de nouveau, mais ces religieux prétendront que les prophètes passés n'étaient que des imposteurs et que seul celui qu'ils nommeront le Christ sera l'envoyé du ciel. Ils s'imagineront être les seuls à détenir la vérité. Ils affirmeront que j'ai voulu créer une nouvelle religion, mais rien n'est plus faux ! Ce sont eux, ceux qui se réclameront de moi, qui inventeront cette nouvelle foi. Ils prendront le nom de chrétiens, oubliant que je suis issu du peuple juif.

Regarde-moi, Miriam. Je ne suis le représentant d'aucun système ni d'aucun dogme, et encore moins le créateur de leur religion. Ces hommes seront les pharisiens contre lesquels je me suis élevé et ils ne s'en rendront pas même compte. Ils transformeront mon enseignement en une morale codifiée, rigide et absurde, faite d'interdits. Je suis venu apporter un message nouveau de vie et d'union avec la Source et non pas un système de dogmes religieux ! Alors que j'invite tous les êtres à vivre libres, ils imposeront

leurs superstitions et asserviront les âmes dans de profondes ténèbres.
Dieu ne se trouve pas dans des systèmes organisés, dans des lois, dans des dogmes. Il se trouve dans le cœur de chacun, dans l'arbre, dans la fleur, dans l'oiseau, dans le vent. Il n'appartient pas à un groupe d'hommes se proclamant élus, il est accessible à tous. Ces êtres égarés figeront la vie derrière des codes, mais celle-ci est changeante et ne peut être enfermée dans aucun système de pensée. Ils transformeront l'eau vive du ruisseau en un marécage aux eaux boueuses et stagnantes.
Le but de toute existence est le bonheur mais eux maintiendront l'humanité dans la servitude en le lui promettant dans un hypothétique au-delà. Toutes les croyances qu'ils imposeront iront dans un seul sens : l'homme est un ver de terre né dans le péché et il doit donc se résigner, accepter l'inacceptable par peur de l'enfer et pour recevoir sa récompense au paradis. Ils pousseront les malheureux à se révolter pour la cause du ciel mais jamais contre les maux réels dont ils souffriront dans leur chair au quotidien.
Leur Église appellera à la haine des femmes, du corps, du plaisir, du progrès, de la culture, des

passions, de la joie. Elle haïra également les autres Églises. Elle sera le fait d'hommes sans femmes, gris et secs, qui prétendront dicter aux peuples leur morale quand eux-mêmes abriteront en leur sein nombre d'esprits pervers. Leurs paroles seront vides mais dangereuses. Comment est-il possible, en effet, d'enseigner un sujet dont on ignore tout ? C'est pourtant ce qu'ils feront avec insolence lorsqu'ils parleront de la vie, de l'amour ou du sexe.

Ils sèmeront des graines de culpabilité et de peur dans les âmes et affirmeront que seuls ceux qui croiront en mon nom et suivront leurs dogmes seront libérés. Ils proclameront que seule leur Église sauvera les hommes des tourments éternels. Ces aveugles prétendront guider d'autres aveugles.

Ils enseigneront un dieu tyrannique qui se complaît à faire souffrir ses créatures et qui, bien que bon et empli d'amour comme ils l'écriront pourtant dans leurs livres, exigera de leur part une obéissance et une soumission totales.

Ils feront l'apologie de la pauvreté quand leurs chefs dénués de sagesse et de compassion vivront dans des palais dorés. Ces esprits malades glorifieront la souffrance comme voie pour atteindre leur hypothétique paradis et condamneront le plaisir.

Certains d'entre eux iront même jusqu'à se flageller car ils penseront que telle est ma volonté. Pauvres fous que ces hommes !
Ils persécuteront tous ceux qui leur résistent, ils massacreront, ils tortureront, ils violeront, ils commettront les actes les plus abjects au nom de leur mythe. Ils détruiront les chercheurs sincères qui souhaitent vivre mon message tel que je l'ai enseigné. Leur livre dira pourtant : « Ne fais pas à autrui ce que tu ne voudrais pas que l'on te fasse. » Vois-tu toute leur hypocrisie ?
Ils saliront ton nom, Miriam. Ils te présenteront comme une fille de rien. Mais lorsque le monde sera prêt, tu seras réhabilitée ainsi que les autres femmes. Ils renieront la part féminine de la Création, aveuglés par leur livre qu'ils présenteront comme étant la parole divine.
Un jour, un homme viendra des terres d'Orient et se proclamera le prophète et le porte-parole de Dieu. Il affirmera, lui aussi, que son peuple constitue la meilleure des nations et que les autres peuples lui doivent soumission et obéissance. Peu à peu ses fidèles commettront les pires exactions contre ceux qu'ils appelleront les infidèles. Ces fous de Dieu imposeront des règles morales dignes d'un

autre âge. Ils condamneront la liberté de penser des peuples d'Occident et appelleront à la guerre sainte. Ces gardiens de la foi n'aimeront pas non plus les femmes et leur imposeront de cacher leur visage et leur corps derrière un voile. Ces hommes fous glorifieront la mort mais leurs chefs se garderont bien de se sacrifier. Ils promettront à tout combattant mourant en martyr un paradis où les attendent de jeunes vierges. Si cette fable était vraie, peux-tu imaginer le sort de ces pauvres âmes lorsque ces barbares sanguinaires se jetteront sur elles ? Où donc sera la morale dans tout cela ? Et qui attendra les femmes là-haut ? Malheureusement, personne. Pour elles, le paradis ne sera ni ici-bas ni là-haut. Ces hommes endoctrinés par des superstitions absurdes n'auront à leur égard que mépris et cruauté. Là encore, l'ignorance et le fanatisme régneront en maîtres pour le plus grand malheur de l'humanité. Là encore, les femmes en seront les principales victimes.

Vois-tu, ces religions partageront deux choses en commun : leur intolérance vis-à-vis des autres systèmes de pensée et leur mépris de la femme.

Pauvre monde ! Combien de misères connaîtras-tu de leur fait ? Combien de blessures laisseront-elles dans les corps, dans les cœurs et dans les âmes ? Combien de vies ravagées par ces papes, ces prophètes et ces prêtres ? Que d'heures sombres pour l'humanité, que de temps perdu pour elle !

Le soleil venait d'apparaître et ses premiers rayons éclairaient nos visages.
— Le temps est venu que je t'enseigne le Secret des Secrets, Miriam. Bien des hommes m'ont sollicité afin de recevoir cette initiation, des puissants comme des gens du peuple, mais aucun d'entre eux ne s'en est montré aussi digne que toi. C'est le Mystère qui a guidé nos pas l'un vers l'autre. Tu as été choisie pour perpétuer mon message et le transmettre aux générations futures. Mais simplement si tu le désires. Le veux-tu, Miriam ?

Le ton était solennel et la voix grave. Je sus à cet instant que j'allais vivre l'événement pour lequel mon âme était venue au monde, et bien que je n'en aie jamais été consciente, je l'avais attendu toute ma vie durant. Je pris une profonde inspiration.
— Oui, Yeshua. Je le veux.
— Viens, descendons au bord du lac.

XXVI.

Nous nous avançâmes lentement dans l'eau sombre jusqu'à ce qu'elle atteigne nos genoux, puis Yeshua posa ses mains sur les miennes. Il prononça ensuite d'une voix puissante quelques paroles mystérieuses dans une langue que je ne connaissais pas. Puis il joignit les paumes de ses mains avant d'y puiser de l'eau fraîche qu'il fit doucement ruisseler sur le sommet de ma tête.

J'avais fermé les yeux et, peu à peu, une douce lumière commença à envahir mon être. La sensation était indescriptible. C'était bien plus intense que tout ce que j'avais connu jusqu'alors. Je ressentis soudainement une joie absolue, un état de bonheur pur, une absence totale de peur. Je sentis mon corps se dissoudre et s'estomper. Une puissante énergie jaillit le long de ma colonne vertébrale puis se diffusa dans tout mon corps. En quelques secondes, les moments marquants de mon existence défilèrent dans mon esprit et je comprenais qu'ils avaient tous été des maillons essentiels qui avaient tissé le fil de ma destinée pour m'amener à cet instant précis. Je ressentis que le hasard n'avait guère sa place dans nos vies et que toute chose avait un sens que nous comprendrions plus tard, lorsque le moment serait venu. Je m'abandonnai totalement à cette énergie primordiale et soudain, tout devint clair et limpide. Une voix mystérieuse se fit alors entendre au plus profond de mon être. Elle me dit :

— Au début des temps, les hommes ont voulu goûter à l'arbre de la connaissance du bien et du mal et ils en ont oublié leur origine divine. Depuis, chaque âme est en quête du paradis perdu. Ce monde n'est qu'un rêve, Miriam, il n'est rien de plus qu'une illusion. Un jour, tu comprendras que tout ce que tu perçois autour de toi n'est autre que le contenu de ta propre conscience. C'est là le Secret des Secrets. Seule l'âme féminine pourra délivrer le monde des forces obscures qui le dominent. Les hommes ont trop longtemps porté la mort, la femme porte la Vie. Tu es l'espoir du monde, Miriam. Tu es comme l'oasis au milieu du désert. Toi, ma bien-aimée, tu es l'incarnation de l'Amour dans toutes ses manifestations : l'amour humain, l'amour divin, l'amour charnel, l'amour spirituel.

Mon âme venait de s'ouvrir à l'absolu et à cet instant je ne faisais plus qu'une avec la Création. Des larmes de bonheur coulèrent sur mes joues. Je baignais au cœur d'une lumière extraordinaire et toutes les limites avaient disparu, j'étais devenue l'Infini. L'instant d'avant, j'étais chrysalide et je venais de me transformer en papillon. J'étais prête à m'envoler tout là-haut, vers le soleil et vers les cieux éternels. Lorsque je rouvris les yeux, Yeshua me souriait.
— Pour toi, rien ne sera jamais plus comme avant, Miriam. Tu fais maintenant partie des Initiés. Tu connais le Centre sacré où l'Infini vient parler au cœur des hommes. Tu es devenue une porteuse de vérité. Tu possèdes le don de guérison et tu manifesteras ce que tu viens de recevoir dans chacun de tes gestes, dans chacune de tes paroles et dans chacune de tes pensées. L'amour sera ton guide et tu seras sa messagère de chaque instant. Approche-toi, à présent.
Il posa ses lèvres sur mon front, sur mes joues, sur ma bouche.
Puis nos corps s'aimèrent dans une longue étreinte à l'abri des rochers. Nos énergies en fusion n'avaient

jamais été aussi puissantes. Le plaisir que je ressentis ce matin-là surpassa largement en intensité tous ceux que j'avais connus auparavant. J'avais fait l'amour avec l'Univers. Je m'étais fondue en Lui. Le soleil s'élevait au sommet des montagnes. Ce serait une belle journée et j'étais une nouvelle femme.

XXVII.

Nous avons encore traversé bien des plaines et gravi bien des collines, marchant de village en village. Un jour Yeshua s'éloigna du chemin et me demanda de le rejoindre un peu plus haut, au milieu des roches.

— Regarde, c'est un arbre à encens d'Oliban. Ils sont très rares dans la région !

C'était la première fois que je voyais un tel arbre et le spectacle était étonnant. Un arbuste au tronc noueux s'accrochait mystérieusement en hauteur, à l'extrémité d'un rocher, loin du sol. Il semblait littéralement suspendu dans les airs.

— Quelle chose étrange, dis-je à Yeshua. Je pensais que ces arbres se trouvaient uniquement dans les terres du nord ou plus vers l'est.

— Tu as raison, on en voit très peu dans nos contrées. Ils poussent uniquement dans les régions les plus arides et les plus sèches. C'est un véritable miracle de la nature ! Viens, approchons-nous et faisons attention où nous mettons les pieds car il est fréquent de rencontrer des serpents venimeux à leur proximité.

La façon dont cet arbre grandissait à l'écart de tout dans les endroits les plus inhospitaliers demeurait un mystère. Yeshua m'expliqua comment les hommes récoltaient sa précieuse résine aromatique qui se vendait au même prix que l'or sur certains marchés.

— Ils procèdent ainsi. Ils entaillent d'abord légèrement l'écorce afin de laisser s'en échapper la sève. Puis ils approfondissent l'entaille et plus de résine commence à s'écouler. Elle va rester sur l'arbre durant trois semaines, c'est le temps nécessaire pour que l'air la solidifie, puis ils la récolteront avant de la couper en petits morceaux. Ce sont les cristaux que tu connais, au parfum si mystérieux et si envoûtant lorsqu'ils se consument lentement. L'encens d'Oliban est un véritable trésor, Miriam. Dans certaines provinces, il a plus de valeur que les pierres précieuses. Il attire bien des convoitises et des hommes ont perdu la vie pour lui.

Je ne le savais que trop bien. Mon père faisait partie de ceux-là.

Un matin nous nous arrêtâmes près d'une rivière qui serpentait entre les joncs et les roseaux, en bordure du chemin. Un homme était assis sur la berge et pleurait en silence. Nous nous approchâmes de lui.

— *Shalom*, ami ! Quelle est donc la raison de ces larmes ? lui demanda Yeshua.

— *Shalom*, étrangers. Que de tourments assaillent mon âme !

— Raconte-nous ce qui te chagrine ainsi, ami. Une peine partagée est moins lourde à porter.

— Le prêtre de mon village m'a dit que je n'étais qu'un mécréant et que les portes du paradis me seraient fermées.

— Pourquoi donc t'a-t-il dit une telle chose ?

— Voyez-vous, j'ai toujours respecté et suivi la religion de nos pères. J'ai vécu selon ses règles depuis ma plus tendre enfance. J'ai assisté à tous les offices au temple. J'ai célébré toutes les fêtes religieuses comme il me l'était demandé et j'ai toujours obéi aux chefs religieux. J'ai toujours travaillé sans me plaindre pour nourrir ma femme et mes enfants. Puis un jour, le plus jeune de mes fils est tombé malade et aucun médecin n'est parvenu à le soigner. J'ai alors adressé des supplications et des prières au

Tout-Puissant afin qu'il le sauve. J'étais un de ses plus fidèles serviteurs et je pensais qu'il m'écouterait. Mais il est resté sourd à mes requêtes et une nuit, mon enfant est mort dans mes bras. J'étais dévasté, et à mon immense tristesse s'était ajoutée une grande colère à l'égard du Ciel.

Je suis alors allé m'entretenir avec notre prêtre pour lui demander pourquoi un Dieu bon et miséricordieux avait laissé mourir mon fils et n'avait pas répondu à mes prières. Et ses paroles m'ont été difficiles à entendre. Il m'a affirmé que la mort de mon petit était une preuve de la bonté et de la miséricorde du Seigneur car s'il me punissait de la sorte, c'est que j'avais pêché à son égard. Il m'a dit que celui-ci savait ce qu'il faisait et m'a demandé d'accepter ce coup du sort comme une preuve indubitable de sa bonté ! Il m'a même demandé de le remercier pour ce cadeau qui purifierait mon âme.

Je me suis alors emporté contre ce prêtre et je lui ai fait part de mon sentiment présent à l'égard de la religion. Je lui ai dit qu'il était totalement absurde, dans ces conditions, d'appeler bon et juste un être qui faisait tomber indistinctement les maux sur les coupables et sur les innocents, et qu'il l'était encore plus d'exiger que ceux-ci se consolent dans les bras mêmes de celui qui était l'auteur de leurs souffrances. Le prêtre m'a alors accusé de blasphème et a exigé que je demande pardon à Dieu pour ces paroles, sous peine de brûler en enfer pour l'éternité. J'ai refusé. Le Dieu que j'avais honoré avec tant de ferveur s'avérait n'être rien de plus qu'un tyran pervers se complaisant pendant l'éternité aux tourments inutiles de ses faibles créatures. J'ai déclaré au prêtre que je renonçais désormais à servir un tel Dieu et que je me désengageais totalement de la religion et de ses règles. Cela a eu pour effet de le mettre dans une colère noire et il m'a excommunié en me disant que les portes du paradis me seraient dorénavant fermées. Et me voilà à pleurer auprès de cette rivière, ne sachant plus que croire.

Yeshua posa sa main sur l'épaule du malheureux et lui dit ces mots :
— Mon ami, n'aie nulle crainte de l'enfer dont parlent les religions car, si j'en juge par ton grand désarroi, tu y es déjà. La perte de ton fils bien-aimé et les paroles sèches et stupides de ce prêtre auprès de qui tu cherchais la consolation t'ont plongé dans les flammes dévastatrices du chagrin, du désespoir et du doute. Ton deuil est lourd à porter mais le temps adoucira peu à peu ta peine.

Il poursuivit. Sa voix était emplie de compassion pour le pauvre homme.
— La vie est un mystère. Un jour nous venons au monde, un jour nous le quittons à tout jamais. Ce sont là les deux seules certitudes qui nous accompagnent durant tout le temps que dure notre voyage dans cette existence. Nous ignorons d'où nous venons, tout comme ce que sera notre destination finale. Et si cela te procure le réconfort dont tu as besoin, tu peux croire que l'âme de ton fils continue à vivre dans l'au-delà et que tu l'y rejoindras après ta mort. Après tout, c'est peut-être la vérité ? Mais nul ne se remet jamais de la perte d'un enfant et lorsqu'un tel drame se produit, il nous invite à reconsidérer ce qui est vraiment essentiel et important à nos yeux. L'amour que tu portes à ta famille et celui qu'elle te porte doit maintenant, plus que jamais, être l'objet de toutes tes attentions. Ta femme et tes autres enfants ont besoin de toi, va les retrouver. Soyez reconnaissants pour les moments de bonheur que vous avez vécus auprès de ton fils disparu et prenez soin de protéger l'amour qui vous unit, tel le plus précieux des joyaux.
Vois-tu, mon ami, tu rencontreras encore bien des peines et bien des douleurs sur ton chemin, car c'est

notre lot à tous. Mais tu y vivras aussi des joies et des bonheurs sans partage qui feront que la vie vaut vraiment la peine d'être vécue. Va en paix, à présent, et oublie ces superstitions infantiles à propos du paradis et de l'enfer. Les prêtres ignorent de quoi ils parlent.

L'homme prit les mains de Yeshua dans les siennes et lui sourit. Les yeux toujours humides, il lui dit :

— Merci, étranger. J'ignore qui tu es mais tes mots viennent de me redonner le goût de vivre. Merci encore et va en paix.

En le regardant s'éloigner, je ne pus m'empêcher de ressentir une immense tendresse et de la compassion pour cet homme. La douleur est une expérience universelle et, chaque jour, le spectre de notre propre mort planant au-dessus de nos têtes vient nous rappeler l'urgence de bien vivre.

XXVIII.

À la nouvelle saison d'*aviv*, nous avons décidé de redescendre vers le sud et d'assister aux célébrations de *Pessa'h* à Jérusalem. Sur la route, nous rejoignîmes les nombreux marchands et pèlerins qui affluaient de toutes les régions environnantes. Les premiers y voyaient l'occasion d'affaires florissantes, tandis que les seconds espéraient y trouver le salut de leur âme. À l'occasion de ces fêtes, la population de Jérusalem augmentait de façon considérable et une véritable ville improvisée de tentes et d'échoppes mobiles s'installait aux portes de la cité. Jour et nuit, des processions allaient parcourir les rues en direction du grand temple où les pénitents viendraient demander aux prêtres la bénédiction et le pardon de leur Dieu. Les religieux avaient trouvé là un excellent moyen de renforcer leur autorité et de rassembler le peuple

autour d'une même foi. Une exubérance de couleurs, de musiques, de prières et de chants sacrés allait faire vibrer d'émotion les cœurs et les âmes. Puis la population repartirait vers son labeur en attendant de revenir, l'année suivante.
Comme partout où nous allions maintenant, les foules reconnaissaient Yeshua et venaient à notre rencontre. Un homme s'approcha :
— *Shalom*, Maître ! Je suis l'un de tes plus fidèles disciples et je prêche ta parole dans les villages de Pérée, la province d'où je viens. Les gens sont de plus en plus nombreux à te vénérer et à suivre ta voie afin d'accéder au salut.
— *Shalom*, ami ! Comment t'appelles-tu ?
— Mathias, Mathias Benaïch.
— Que leur prêches-tu donc, Mathias Benaïch ?
— Ta parole, Maître. Je leur enseigne que tu es l'envoyé de Dieu et que s'ils te suivent, ils accéderont au paradis éternel. Ils prononcent ton nom plusieurs fois par jour avec ferveur et ils prient pour que tu aies pitié de leurs pauvres âmes.
— Es-tu bien sûr qu'il s'agisse là de mes paroles ? As-tu déjà assisté à un de mes discours ?
— Non, Maître. Mais tout le monde sait que tu es le fils de Dieu et que tu es venu nous sauver !

— Cesse donc d'écouter les voix qui répètent ce que d'autres voix avant elles ont prononcé, et qu'elles ont elles-mêmes entendu d'autres voix. Tu te dis mon disciple mais une seule personne ici est ma véritable disciple, celle que j'ai choisie. La voici, Miriam.
— Une femme ? Pourquoi une femme ? répondit Mathias Benaïch d'un ton offusqué.
— Parce que telle est ma décision car cette femme vaut bien plus que vous tous réunis. Tu as encore beaucoup de chemin à faire avant de la rejoindre. Alors, en attendant, cesse de parler en mon nom et suis ta propre voie, celle de Mathias Benaïch, et non pas la voie d'un prophète créé par les hommes.

Un peu plus tard Yeshua s'adressa à une foule bigarrée d'hommes et de femmes venus de toutes les contrées. Si beaucoup étaient là pour écouter celui qu'ils nommaient le Messie, d'autres étaient simplement curieux d'entendre les paroles de cet être qui semblait susciter autant de passions.
— Mes amis, malheureusement mes mots ont été déformés par certains et je sais que l'on me prête des propos que je n'ai jamais tenus. Je vais donc vous expliquer quelques-unes des paraboles que j'ai utilisées pour vous transmettre l'essence de mon message.

Vous m'avez entendu dire au paralysé : « Lève-toi et marche ! » après lui avoir imposé les mains, et lui qui était immobilisé depuis plusieurs saisons s'est redressé et il a marché ! Que signifie cette parabole ? En vérité, elle s'adresse à chacun d'entre vous ! Combien parmi vous sont à l'image de ce paralysé, coincés dans une vie qu'ils n'aiment pas, ayant renoncé à leur potentiel de bonheur et d'épanouissement, dominés par la peur ? Que faites-vous de cette vie si précieuse qui vous a été donnée, pourquoi la négligez-vous, pourquoi la laissez-vous filer, pourquoi la gâchez-vous quand vous avez en main tout ce qui est nécessaire à son parfait accomplissement ? Lorsque vous serez sur votre lit de mort et que votre dernier souffle approchera, il sera alors trop tard pour les remords et les regrets. Vivez donc aujourd'hui et suivez votre propre voie, même si elle s'oppose à celle communément admise. Jetez au loin la cuirasse de fausses croyances et les peurs qui vous maintiennent prisonniers, et entrez dans la liberté glorieuse des fils de la vie ! C'est votre droit divin d'être heureux, c'est votre devoir de développer vos potentiels et de vivre vos rêves. Assumez l'entière responsabilité de votre vie, transformez-vous et votre monde changera car il n'est que le reflet de vous-même ! En agissant ainsi, vous serez un exemple et une source d'inspiration pour vos sœurs et pour vos frères, et eux aussi briseront leurs chaînes ! Croyez-moi, peu importe ce que d'autres disent de vous car si vous êtes en accord avec ce que vous êtes vraiment, et si vous tracez vos propres pas au lieu de marcher sur les pas d'un autre, vous accomplirez la raison d'être de votre existence. Vous êtes libres de créer, ici même, votre enfer ou votre paradis. Le choix vous appartient, alors choisissez bien. Aimez-vous et aimez les autres, vivez chaque jour dans la joie, riez, levez-vous et marchez ! Ayez foi en vous et ayez foi en la Vie qui vous a créé. Je vous ai dit : « L'œil est la lampe du corps. S'il est bon, tout votre corps sera empli de lumière. Mais s'il n'est pas bon, c'est tout votre corps qui sera enveloppé de ténèbres. » Que signifient ces mots ? Tout simplement que votre façon de voir la vie va la colorer en conséquence, que la manière dont vous percevez le monde aura une influence sur celui-ci et sur vos expériences. Si votre regard est empli de haine, vous ne pourrez pas voir l'amour qui est pourtant partout présent. Si votre regard est empli de peur, vous ne remarquerez pas les bonnes choses qui vous entourent et attendent que vous les invitiez.

Si votre regard est empli de doute et de suspicion, vous ne connaîtrez pas la paix de l'âme. Si votre cœur est rempli de tristesse, vous resterez aveugle à la joie qui ne demande qu'à se manifester dans votre vie. Le monde n'est rien de plus que votre propre reflet. Ce qui est à l'intérieur se reflète à l'extérieur. Celui qui vit avec un sentiment d'abondance verra celle-ci s'accroître, celui qui vit avec un sentiment de manque s'appauvrira encore plus ! C'est pourquoi je vous ai dit : « Il sera donné à celui qui a. »
Je vous ai dit : « Petite est la porte et étroite est la route qui mènent à la Vie et peu les empruntent ; mais larges sont la porte et la route qui mènent à la destruction et beaucoup les empruntent. » Changer implique des efforts et des sacrifices, mais n'est-ce pas ainsi pour tout apprentissage ? Parler, écrire et lire vous était bien difficile à vos débuts, et les enfants que vous étiez alors préféraient jouer dans la rivière et courir dans les collines. Pourtant, les efforts consentis pour apprendre se sont avérés nécessaires afin de vous apporter cette connaissance. Apprendre à jouer d'un instrument de musique requiert de longues heures de pratique laborieuse mais combien est belle la récompense lorsqu'une mélodie divine naît du mouvement de vos doigts sur la lyre. Celui qui

veut être heureux doit savoir rester à l'écart de la foule et des idées du plus grand nombre. Trompés par de fausses idoles, beaucoup se laissent aller à la facilité parce que c'est ce qui est dicté par la majorité. Afin de réaliser vos rêves, vous devrez vous imposer votre propre discipline. Les tentations seront nombreuses sur le chemin et vous devrez apprendre à être fort et à renoncer à ce qui vous nuit. Avant d'atteindre la lumière vous devrez passer l'épreuve des ténèbres. Vous êtes ici pour chaque jour devenir des femmes et des hommes un peu meilleurs, pour réaliser ce qui vous tient à cœur et pour connaître la joie. Vous aurez souvent à choisir la voie la moins fréquentée et c'est elle qui vous mènera à bon port. Mes amis, la vie vous impose de faire des choix car c'est ce qui vous permet d'avancer sur le chemin. Ne laissez pas des autorités extérieures décider à votre place de la route que vous souhaitez prendre. En toute chose, que votre oui soit un oui et que votre non soit un non !

Ne laissez surtout jamais la peur vous dicter vos décisions. Sa voix vous égarera et elle vous contrôlera toujours un peu plus si vous vous abandonnez à elle. Lorsque le doute vous gagne, isolez-vous du monde et plongez au cœur de vous-même. Voyez ces gens qui prient bruyamment au coin des rues ou dans leurs temples afin d'être bien vus de tous, mais comment est-il possible de s'unir au Mystère et d'entendre sa voix dans un tel brouhaha ? Ils répètent inlassablement les mêmes phrases dénuées de sens car c'est ce qui leur a été enseigné par leurs livres. Ils prient selon les superstitions, mes amis, mais tout cela est vain ! Lorsque vous ressentez le besoin de prier, isolez-vous dans le temple de la nature car c'est là que vous trouverez celui que vous cherchez. De plus, je vous ai dit : « Tout ce que vous demandez en prière, croyez que vous l'avez reçu et il vous sera accordé. Et si vous avez quelque chose contre quelqu'un, pardonnez et il vous sera pardonné. » Voici l'une des paroles les plus puissantes que j'aie prononcée. Mais combien l'ont vraiment comprise et appliquée dans leur vie ? Avant toute chose, laissez-moi vous dire que Dieu ne punit personne, les chefs religieux l'ont créé à leur propre image. J'ai dit : « Vous êtes des dieux » car vous possédez tous en vous cette étincelle divine qui n'attend que votre action pour se transformer en un feu salvateur. Cela signifie que vous avez en vous le pouvoir de créer votre vie, comme celui que vous nommez Dieu a créé le monde. Vous disposez donc d'un don sacré,

celui de créer votre propre destinée ! Vous avez en vous tout ce qui est nécessaire à l'accomplissement de vos vœux les plus chers.
Voici comment procéder : mettez-vous d'abord en paix avec vous-même et avec les autres. Pardonnez sincèrement à tous ceux qui vous ont nui ou qui ont médit à votre sujet. Pardonnez également vos erreurs et les faux pas qui vous ont fait trébucher. Il est inutile et dangereux pour votre bien-être de garder en vous de la culpabilité, des rancunes ou des désirs de vengeance, car la seule personne à qui vous faites du mal n'est autre que vous-même. Les émotions négatives telles que la colère, la jalousie, la haine, le regret, l'avidité ou l'envie sont semblables à des poisons qui vont lentement vous détruire. Laissez la joie vous habiter, même si autour de vous règne la tristesse. Laissez l'amour vous habiter, même si autour de vous règne la haine. Laissez l'espoir vous habiter, même si autour de vous règne le désespoir. Laissez le sentiment d'abondance vous habiter, même si autour de vous règne le sentiment de manque. Laissez la santé vous habiter, même si autour de vous règne la maladie. Voyez la beauté là où d'autres ne distinguent que la laideur. Ne laissez que les espoirs et les désirs les plus nobles habiter votre cœur. Voilà ce que signifie la parabole

dont je vous ai parlé. Lorsque vous désirez accomplir ou recevoir quelque chose pour votre bénéfice et pour celui de la communauté, vivez comme si vous l'aviez déjà obtenu. Retirez-vous dans le silence et, le soir, au moment de vous endormir, ressentez dans votre corps et dans votre âme toutes les sensations qui seraient les vôtres une fois l'objet de vos désirs réalisé. Puis laissez-vous glisser dans le sommeil en y emportant ces sensations. La Vie et son Mystère feront alors le reste afin de répondre à votre demande. « Il vous sera fait selon votre foi. »

Je vous ai aussi demandé d'aimer vos ennemis, mais avez-vous vraiment bien compris le sens de ces paroles ? J'entends par ennemis les personnes qui vous nuisent et les obstacles qui se présentent à vous. Je ne vous demande bien évidemment pas de les aimer physiquement, mais d'apprendre à les considérer différemment. La condition humaine est ainsi faite que nous rencontrons des difficultés sur le chemin, que cela nous plaise ou non. Mais allons-nous délaisser la rose parce qu'elle a des épines ? Non, bien sûr. Alors acceptons les choses, sans toutefois nous résigner. Restons fermes et intègres et nous diminuerons leur impact sur nos vies. Ne les laissons pas nuire à notre paix intérieure et souvenons-nous que tout passe, de toute façon. Gardons les yeux rivés sur nos rêves et soyons patients et philosophes. Ne souhaitons pas le mal à ceux qui nous en font mais efforçons-nous de rester neutres vis-à-vis d'eux. Ainsi, il ne se créera aucun lien entre eux et nous, et un beau matin, ils disparaîtront de nos existences comme ils y sont venus. Bien souvent, les obstacles que nous rencontrons s'avéreront des guides déguisés venus nous apprendre la voie de la sagesse.

Je vous ai souvent dit : « Les premiers doivent devenir les derniers afin d'accéder au Royaume des Cieux. » Que voilà des mots étranges ! Qui donc, parmi vous, souhaiterait devenir le dernier parmi les hommes ? Il s'agit encore, bien évidemment, d'une métaphore. Entendez par là qu'il n'y a pas de plus grand bonheur et de plus grande joie que de s'oublier pour servir les autres. Nous devons apprendre à nous dévêtir de notre égoïsme et à nous ouvrir à la souffrance d'autrui. Nous devons parfois oublier nos propres besoins pour donner à ceux qui vivent dans le manque. Dans chacune de nos tâches, soyons animés par des motifs nobles et altruistes. Nous trouverons les plus grandes satisfactions en servant, en soignant, en éduquant, en contribuant au bien-être de nos semblables. C'est une tâche à la fois simple et difficile, mais source d'ô combien de bénédictions. L'égoïsme, l'avidité, le besoin de posséder, de dominer, de contrôler sont les causes de tourments qui nuisent à l'humanité entière. Ne les alimentons donc pas. Opposons-leur la gentillesse, la compassion et l'altruisme.

Et enfin, mes amis, que chacun d'entre vous soit son seul juge et non celui des autres. Je vous ai dit : « Ôtez d'abord la poutre qui se trouve dans votre œil avant de vouloir ôter la paille qui se trouve dans l'œil de votre voisin. » Nul n'est exempt de défauts et nous devons faire preuve de tolérance si nous voulons vivre en paix les uns avec les autres. Les imperfections que vous percevez chez les autres ne sont autres que le reflet de vos propres imperfections. Pensez-y et faites preuve de plus de discernement dans vos propos.
Voilà, mes amis ! Voilà en essence le message que je suis venu vous délivrer. Chaque âme qui vient en ce monde doit suivre sa propre route, mais c'est à elle et à elle seule de la tracer. Souvenez-vous qu'il existe en vous et autour de vous une intelligence infinie, universelle, une énergie mystérieuse, une puissance à la fois impalpable et invisible mais qui est pourtant à l'origine de tout. C'est le Mystère qui attend simplement de vous que vous le ressentiez, que vous le

reconnaissiez et que vous vous ouvriez à sa Divine Présence. Alors votre vie entière s'illuminera.
Suivez ces règles simples et vous réveillerez en vous des forces spirituelles puissantes qui vous apporteront la paix, l'abondance, l'amour et l'harmonie.
Mais vous seul pouvez le décider car c'est un choix qui ne dépend de personne d'autre que de vous.
Sachez enfin que chacun est libre de croire à ce qu'il veut dans la mesure où il ne cherche pas à imposer sa vérité à autrui.
Et n'oubliez pas : « Aimez-vous les uns les autres ! »

Des applaudissements et des clameurs accueillirent les dernières paroles de Yeshua. Plusieurs voix répétaient :
— C'est le Messie, c'est Dieu qui nous l'a envoyé, vive Yeshua, vive le Messie !
D'autres disaient :
— Gloire à lui, notre Sauveur !
Yeshua resta de longues minutes à les regarder en silence. Son regard balaya tristement la foule puis il poussa un long soupir :
— Les hommes sont-ils prêts à entendre mon message ? Le seront-ils un jour ?

XXIX.

Il me prit la main et nous pénétrâmes ainsi dans la grande cité. Les rues étaient noires de monde et nous nous frayâmes difficilement un chemin au milieu de la foule. Puis nous nous arrêtâmes près d'une fontaine dans laquelle les passants jetaient des shekels en faisant un vœu.

— Vois-tu, j'ignore combien parmi eux auront compris mes paroles, et parmi ceux qui les auront comprises combien les mettront en pratique dans leur existence. Parfois, je doute du genre humain. Les hommes se complaisent bien souvent dans leur malheur et, en dépit de ce qu'ils disent, il en est bien peu qui soient prêts à changer leurs habitudes et à se défaire de leurs chaînes. Depuis des siècles, à cause des prêtres, ils se sont tellement résignés à accepter leur sort pour gagner le paradis qu'ils ont renoncé à prendre en main la direction de leur vie.

Et pourtant, le bonheur se trouve à leur portée, si seulement ils veulent bien se donner un petit peu de peine pour le trouver ! Mais ils préfèrent confier les clés de leur avenir à des pièces de monnaie qu'ils jettent dans une fontaine à souhaits.
Il soupira puis il me sourit à nouveau avant de poursuivre.
— Ma douce Miriam, ma précieuse compagne, tu es si différente de tous ces gens et je suis si heureux de t'avoir à mes côtés ! Tu es la source qui me rafraîchit lorsque le soleil d'été brille trop fort et le feu qui me réchauffe lorsque les neiges d'hiver gèlent le sol. Tu es si chère à mon cœur ! Je t'aime bien plus que ma propre vie !
— Ô Yeshua, tu sais que tu as rallumé ma vie alors qu'elle s'éteignait lentement et je suis si fière d'être ta femme ! Comme tu l'as dit si souvent, il était écrit dans le Grand Livre de la vie que nos destins devaient se croiser et se lier l'un à l'autre. Je t'aime tant !
Il posa alors ses mains sur mes hanches et plongea ses yeux dans les miens, puis il m'attira contre lui. Je passai mes bras autour de son cou et nous nous embrassâmes longuement. Les bruits de la foule s'étaient soudain évanouis.

— Peu importe ce que le reste du monde pense de nous, lui ai-je murmuré. Nous sommes l'un à l'autre, libres comme les oiseaux et sans autre loi que l'amour.
Il me serra très fort contre lui.

Nous n'entendîmes pas les soldats approcher, ni l'homme qui les guidait, le visage dissimulé sous une capuche.
Les choses allèrent très vite. Les soldats nous saisirent sans ménagement puis nous menèrent vers le grand palais, au centre de la cité.
— Que se passe-t-il, demanda Yeshua, pourquoi nous arrêtez-vous ?
— Silence ! répondit le chef des gardes, avancez !

C'était le cinquième jour de *nisan*, le septième mois du calendrier lunaire hébreu. Nos vies venaient de basculer à nouveau.

Les soldats nous conduisirent dans une vaste salle ornée de colonnes et de statues. Face à nous, le consul romain siégeait sur une estrade. Il fit signe aux gardes de nous mener jusqu'à lui. Le grand prêtre de la province se tenait debout à ses côtés. Je le reconnaissais, c'est lui qui, quelques mois auparavant, avait apostrophé Yeshua lors de notre précédent voyage à Jérusalem.

— C'est donc toi l'agitateur qui fomente une révolte contre Rome ? Et cette femme est ta compagne ? demanda le consul. Mes hommes te surveillent depuis plusieurs semaines et m'ont dit que tu rassembles les foules autour de toi. Nous ne tolérerons aucun trouble à l'ordre public !
— Je n'ai jamais voulu mener une révolte contre Rome. Ce sont là des intentions que beaucoup me prêtent mais il n'en est rien, je peux te l'assurer. D'ailleurs, si tes espions ont bien entendu mes paroles, ils te diront que rien de tel n'a jamais été prononcé par moi ! répondit Yeshua.
— C'est faux ! hurla brusquement le grand prêtre. Crois-moi, consul, cet homme représente un danger pour ton autorité !
— Il n'en est rien, prêtre, lui dit calmement Yeshua, et tu le sais très bien. Je représente un danger pour ton autorité et celle des autres prêtres, oui, cela, je te l'accorde. Mes propos visent à libérer les gens des superstitions et des dogmes sous lesquels vous les maintenez, mais je n'ai jamais fait de politique ni tenu de propos désobligeants à l'encontre de Rome. Vois-tu, consul, continua-t-il en se tournant vers le Romain, tes hommes ont certainement entendu des prédicateurs se réclamant de moi et appelant le

peuple à prendre les armes contre toi, mais sache que je n'ai rien à voir avec eux. Ce n'est guère là ce que j'enseigne car je condamne vivement toute forme de violence et je hais les armes. Je ne suis le chef d'aucune rébellion et je n'en ai aucune intention. Je pense, consul, que tu nous as fait arrêter sur la base d'informations erronées et qu'il serait juste que tu nous relâches, mon épouse et moi. Ou peut-être y a-t-il autre chose que tu ne nous dis pas ?

Le consul semblait embarrassé et il se tourna vers le grand prêtre. Puis il fit un signe à l'un de ses gardes et celui-ci s'éclipsa derrière une lourde porte. Il réapparut quelques secondes plus tard, accompagné par un homme de notre peuple portant de riches vêtements.

Mon cœur s'arrêta de battre.

L'homme n'était autre que Tamar qui était devenu l'un des maîtres de la cité. C'était lui aussi qui avait organisé notre arrestation. Lorsqu'il avait appris que j'étais la compagne de Yeshua, il nous avait fait espionner. Il avait fait un pacte avec les grands prêtres et ces derniers lui avaient dit :

— Tu veux la femme et nous voulons l'homme. Aide-nous à le faire condamner et tu auras la femme pour toi.

Il leur avait ensuite suffi de trouver un prétexte plausible pour impliquer l'action des Romains et d'acheter de faux témoins pour porter accusation contre nous. J'avais l'impression de vivre un cauchemar et je me sentais totalement dépassée par les événements. En me voyant si désemparée, Yeshua comprit ce qui se passait. Il passa son bras sur mes épaules et me serra contre lui. Le consul s'adressa à lui :

— Voici Tamar. Il a été nommé au poste de gouverneur directement par Rome et son pouvoir est donc supérieur au mien en ce qui concerne les décisions de justice dans cette province. J'ignore si tu représentes une réelle menace pour l'autorité romaine et, comme tu me le disais, j'ai peut-être été mal informé. Mais Tamar a réuni des témoins qui t'accablent et il t'a déjà condamné. Tu seras porté en croix demain au coucher du soleil et ta compagne sera emprisonnée dans ses geôles jusqu'à nouvel ordre de sa part.

Ces paroles furent un choc.

— Tamar, pourquoi fais-tu cela ? lui demandai-je. Si tu as de la rancune envers moi je peux le comprendre, emprisonne-moi. Mais mon époux Yeshua ne t'a causé aucun tort. Laisse-le partir, je t'en prie.

Il répondit de la tête par la négative sans prononcer un mot. Son visage avait énormément changé depuis la dernière fois que je l'avais vu. Son regard semblait habité par la folie. Il arborait un masque sombre et tout son être respirait le mal. Il semblait sous la domination de pulsions mauvaises qui avaient pris le contrôle de son âme. Je me souvins alors de ce que ma mère m'avait dit au sujet de son appartenance aux fils de Seth.

Il me faisait peur.

— On ne me quitte pas, Miriam. Tu aurais pourtant dû le savoir ! lança-t-il soudain d'une voix terrifiante.

— C'est donc pour ça que tu as organisé toute cette mise en scène ? Par fierté et par jalousie, parce que j'ai refusé de sacrifier ma vie auprès d'un homme qui ne me respectait pas ? J'ai pitié de toi, Tamar. Tu es peut-être devenu l'homme le plus puissant de la province mais tu n'es qu'un être faible, dominé par des forces que tu es incapable de maîtriser. S'il te reste encore un peu d'humanité, laisse-nous au moins nous dire au revoir. Tu possèdes bien encore un cœur !

Le consul romain lui glissa un mot à l'oreille et Tamar fit un signe aux gardes. Ils nous enfermèrent dans une petite pièce adjacente. Nous disposions de peu de temps avant d'être séparés.

XXX.

— Ma tendre Miriam, me dit Yeshua en me regardant tristement, j'ignore malheureusement si l'heure du dernier adieu est venue. Mais si je devais quitter ce monde demain, tu devras me succéder et poursuivre la tâche que j'ai commencée. Vois-tu, les hommes de pouvoir utiliseront tous les moyens, y compris les plus vils, pour détruire ceux qui osent s'élever contre eux et représentent une menace pour leur autorité. Mais un jour, quand suffisamment de voix se seront élevées, alors la vérité vaincra et l'humanité sera définitivement libérée de tous ces tyrans.
Il fit une courte pause. Ses yeux étaient humides et je pouvais sentir les larmes couler en silence sur mes joues. Ma gorge était nouée et je ne parvenais pas à prononcer un seul mot. Tout devenait confus dans mon esprit, tout cela semblait si irréel.

La folie des hommes allait donc m'arracher une seconde fois l'homme que j'aimais. Elle avait déjà pris mon père, et maintenant elle me volait Yeshua. Pourquoi, pourquoi ce nouveau malheur ?
— Écoute-moi, Miriam. Je vais te transmettre mon ultime enseignement. Un jour, continua-t-il, nous devrons tous faire face à la mort, nul ne peut s'y soustraire. Nul ne sait où, quand ni comment elle viendra, mais il est impossible d'y échapper. C'est la grande énigme à laquelle personne ne peut répondre, celle qui entraîne les hommes vers les religions. Elle rattrape indistinctement le riche et le pauvre, l'enfant et le vieillard, le saint et le brigand. Elle rend le cœur triste et fait couler les larmes, elle paraît bien cruelle mais c'est le lot de tout être vivant et l'unique certitude que nous ayons. Vois-tu, c'est une loi naturelle en ce monde, toute chose naît, grandit puis un jour disparaît.
Il fit une nouvelle pause et sa main caressa ma joue.
— Les hommes devraient méditer plus souvent sur leur propre mort car celle-ci représente leur ultime initiation, celle qui donne toute sa valeur à leur vie. Elle nous enseigne l'urgence de bien vivre et de réaliser ce qui est vraiment important à nos yeux. Elle nous demande d'aimer sans retenue ceux qui

nous sont chers et de le leur dire. Face à elle, tout se relativise, nous sommes nus, nos masques tombent. Toutes ces choses que l'on croyait indispensables cessent de l'être pour laisser place à l'essentiel.
Être humain et être sage, c'est savoir accepter le caractère mortel de la vie et l'idée de notre propre fin. Nous avons une durée d'existence limitée, alors vivons-la au mieux. Faisons de ce temps qui nous est imparti ce que nous désirons en faire, sans nous nuire à nous-même ni à autrui. Recherchons le bonheur, vivons dans la joie, refusons de devenir des morts de notre vivant. Recherchons la paix, la justice, l'harmonie, la beauté, l'amour ! Prenons en main les rênes de notre destinée, développons nos talents, efforçons-nous d'enrichir et d'embellir notre vie ! Recherchons le contact avec cette mystérieuse énergie de vie dont je t'ai parlé maintes fois, cette intelligence infinie qui est à l'origine de tout et qui habite toute chose.
Vois-tu, les hommes sont plus effrayés par l'idée qu'ils se font de la mort que par la mort elle-même. Mais en réalité, nous n'avons rien à craindre d'elle. Ne nous soucions donc pas de savoir ce qui nous attend de l'autre côté car c'est une chose à laquelle nul ne peut apporter de réponse. Et si quelqu'un

prétend affirmer le contraire, fuis-le car c'est un menteur !

Il prit une profonde inspiration et poursuivit.

— Mais pour les proches qui voient partir leurs bien-aimés et doivent néanmoins continuer à vivre sans eux, c'est une blessure cruelle que seul le temps permet d'adoucir, sans jamais la guérir totalement. En un instant, tout bascule. Elle brise les cœurs, les destins, et elle fait vaciller même les âmes les plus vaillantes. Vois-tu, Miriam, tout passe, rien ne dure. J'aimerais que tu te souviennes des moments heureux que nous avons partagés et que tu laisses la gratitude et la joie d'avoir vécu de tels moments envahir ton cœur. Et si la mort devait m'emporter demain, je partirais sans regret car j'ai vécu la vie que je souhaitais vivre. J'ai rencontré tant d'êtres extraordinaires sur mon chemin ! Mais surtout, je t'ai rencontrée, toi. L'amour est la plus belle chose qu'il nous soit donné de vivre !

Il posa un baiser sur mes lèvres.

— Je vais maintenant méditer en attendant l'heure à laquelle je serai mené vers la croix. Je me laisserai habiter par ton visage, par ton sourire, par ton âme. L'amour fait des miracles, il est plus fort que la mort. C'est pourquoi nous devons garder la foi.

Son regard s'emplit d'une lumière étrange.
Il sortit de sa tunique un petit sachet de cuir qu'il me tendit.
— C'est pour toi, ouvre-le s'il te plaît.
Il contenait plusieurs dizaines de grains de blé dur.
— Voici les graines des meilleurs blés de Palestine. Si je devais demain quitter ce monde comme l'ont décidé les grands prêtres, lorsque tu auras recouvré la liberté, sème-les dans une terre fertile. Ils te le rendront au centuple.
— Je le ferai, Yeshua. Je te le promets.
— J'ai encore autre chose pour toi.
Il me tendit un petit morceau d'étoffe soigneusement pliée. Je le défis lentement et je vis alors qu'il abritait deux anneaux d'or fin.

Je les avais gardés pour une occasion spéciale et le moment est venu de les porter.
Je ne pouvais retenir mes sanglots.
— Ils sont magnifiques ! Ils sont vraiment magnifiques !
Il passa alors un anneau à mon doigt puis, à mon tour, je passai l'autre au sien.
— Moi aussi j'ai quelque chose à t'annoncer, murmurai-je à son oreille. Je porte une nouvelle vie en moi, je porte ta vie…

Il posa ses yeux dans les miens, son regard était triste et heureux à la fois.
— Oh, Miriam, c'est fantastique ! C'est si… c'est si… c'est si beau.
Il s'agenouilla face à moi et posa sa joue contre mon ventre.
— Mon enfant, mon enfant…
Il m'enlaça très fort et ma main caressa longuement ses longs cheveux noirs.
Nous nous embrassâmes et nos larmes se mêlèrent.
Chaque instant était plus précieux que jamais et nous ne voulions pas gâcher le peu de temps qu'il nous restait pour être ensemble.
Puis un garde vint ouvrir la porte. C'était fini, maintenant.

XXXI.

Le jour suivant, je restai enfermée dans l'une des tours du palais où vivait Tamar. Les images du passé affluaient dans ma mémoire et je comprenais alors peu à peu que je ne reverrais plus jamais Yeshua. Il y avait tant de choses que j'aurais voulu lui dire, mais il était trop tard, maintenant. Le temps poursuit inexorablement son cours, sans se préoccuper des hommes ni de leurs regrets, ni des moments qu'ils n'ont pas su saisir ou des mots qu'ils n'ont pas dits quand ils en avaient la possibilité. Le monde me semblait à présent un vaste désert dans lequel j'allais devoir poursuivre seule ma route, sans son amour pour me réchauffer, sans ses rires pour m'accompagner, sans sa tendresse pour m'envelopper. Je m'efforçais de trouver un réconfort dans ses dernières paroles mais mon cœur restait en proie à une douleur déchirante. Je ne voulais pas penser à sa mort ni au supplice qu'il allait endurer. Je savais que les Romains plaçaient les condamnés debout et attachaient leurs bras à une poutre horizontale soutenue par deux pieux fourchus. Puis les malheureux connaissaient une longue agonie avant de périr par étouffement. Je n'aurais de toute façon pas pu assister à la scène et je me serais sacrifiée avec lui. Je devais respecter sa volonté et me préparer à la tâche pour laquelle il m'avait investie. J'étais dorénavant sa Disciple et devais poursuivre son œuvre. Je caressai l'anneau, cet ultime présent que j'avais reçu de lui, avant de prendre une longue et lente inspiration. Pour l'instant, il n'avait pas encore été exécuté et je devais garder la foi. Je ne devais pas me laisser abattre par le chagrin. Pour lui et pour cette nouvelle vie qui battait en moi, je me devais d'être forte. Et quoi que les prochaines heures amènent avec elles, son message devait vivre !

Je n'avais pourtant pas pu retenir mes larmes lorsque le soleil avait disparu. Dehors, un violent orage avait éclaté. Son grondement assourdissant résonnait dans ma cellule et j'étais effrayée. J'étais restée allongée à même le sol, prostrée. Je ne dormais pas quand soudain, vers le milieu de la nuit, des bruits se firent entendre de l'autre côté de la porte. Un claquement de clé dans la serrure, puis elle s'ouvrit. Un homme de haute stature apparut alors dans l'embrasure. Il portait un sabre à la main et un turban autour de la tête. Ce n'était pas Tamar. Mon cœur s'était mis à battre très fort. Qui était cet homme, que me voulait-il ? Je reculai.

— Miriam, c'est moi, Kader. L'homme des sables. Te souviens-tu de moi ?

— Kader… Oui, oui, je me souviens, répondis-je, interloquée.

— Viens, suis-moi. Je suis venu te délivrer. Vite ! Nous n'avons pas de temps à perdre.

En traversant le long corridor aux murs de pierre, je vis les gardes qui gisaient, inconscients. Puis nous atteignîmes une porte dérobée et sortîmes finalement du palais comme deux ombres furtives et silencieuses. Des hommes nous attendaient avec des chevaux. Je reconnus l'un des visages éclairés par la lune.

— Yeshua ! Oh, mon Dieu, tu es vivant ! Mais… mais je croyais que…

— C'est moi, Miriam. Partons vite, je t'expliquerai.

Nous quittâmes la grande cité au galop.

Juste avant le coucher du soleil un orage comme il n'y en avait jamais eu dans la région éclata.

Une pluie violente déchira le ciel et s'abattit sur Jérusalem et ses alentours. Face à la fureur des éléments déchaînés, bourreaux et badauds avaient précipitamment déserté le lieu des supplices pour se réfugier à l'intérieur de la cité. La panique avait gagné la foule. C'est le moment que Kader et ses hommes avaient mis à profit pour libérer Yeshua sans témoins. Puis ils avaient pénétré dans le palais et m'avaient rapidement retrouvée.
Nous galopâmes toute la nuit en direction de l'ouest, vers la mer. L'orage avait cessé. La lune brillait dans le ciel étoilé et éclairait le chemin. J'étais à nouveau une femme libre. Nous étions tous les deux à nouveau libres !

XXXII.

Deux jours plus tard, nous atteignîmes une petite crique de sable jaune et nous nous apprêtâmes à embarquer sur une felouque. Kader nous dit :

— Vous ne pouvez plus rester en Palestine, Tamar et les grands prêtres sont déjà à votre recherche. Ils vont déployer leurs espions sur tout le territoire et vont faire surveiller vos familles. Croyez-moi, ces hommes n'abandonneront jamais. Leur honneur est atteint, leur autorité mise à mal, et ils vont subir l'opprobre de leurs pairs pour vous avoir laissés vous enfuir. Vous êtes devenus des fugitifs, à présent, et vous devez partir vers les terres d'Occident. Là, ils ne songeront jamais à aller vous chercher. Ces pêcheurs sont mes amis et ils vous mèneront jusqu'à ces terres. Il est temps de partir, à présent.

Prenez soin de vous. Mais auparavant, j'ai ceci pour toi, Miriam.

Il me tendit alors le bâton de marche que Yosef avait sculpté pour moi.

— Je l'ai dérobé au soldat romain qui te l'avait pris. Je sais combien il est important pour toi.

— Oh ! Merci Kader, merci pour tout. Je ne t'oublierai jamais.

— Allez, maintenant. Il vous faut embarquer. Inch Allah ! Que Dieu vous protège.

— Adieu, Kader. *Shalom*, mon ami !

En m'asseyant au fond de la barque, je revis tous ces visages que j'avais croisés sur ma route et que je ne reverrais sans doute jamais plus. Je me serrai très fort contre Yeshua. J'étais épuisée et fermai les yeux. Des paroles me revinrent en mémoire :

« Tu es l'espoir du monde, Miriam. Seule l'âme féminine pourra le délivrer des forces obscures qui l'emprisonnent. Tu portes la Vie en toi. Je serai toujours à tes côtés, et que l'Amour soit ta loi. »

Livres à lire pour aller plus loin :

Les auteurs ci-dessous ont été des sources d'inspiration et des mines d'information pour l'écriture de *La Disciple.*

- Dr Frederick W. Bailes, *Your Mind can Heal You*, Reprint Edition Book Tree, 2007.
- Dan Brown, *Da Vinci code*, édition originale, éd. Doubleday, 2003.
- Tim Freke & Peter Gandy, *The Laughing Jesus*, Harmony Books, 2005.
- Tim Freke & Peter Gandy, *Jesus and the Lost Goddess*, reprint edition, Harmony Books, 2008.
- Neville Goddard, *Power of Awareness*, Martino Fine Books, 2009.
- Jean-Yves Leloup, *Une femme innombrable : le roman de Marie-Madeleine*, Albin Michel, 2009.
- Ralph Waldo Trine, *In tune with the Infinite*, Wilder Publications 2008.
- Ralph Waldo Trine, *The man who knew*, Bottom of the Hill Publishing, 2011.
- Ralph Waldo Trine, *The greatest thing ever known*, Kessinger Publishing Co, 1997.
- Les Évangiles canoniques et apocryphes.

Le cheminement de la Disciple

Plus qu'un roman, l'histoire que vous venez de lire est porteuse des grands messages du développement personnel dont vous trouverez un aperçu ci-dessous.

Chapitre 1 - OSER DIRE NON, OSER S'AFFIRMER

Chapitre 2 - GARDER CONFIANCE ET ESPOIR

Chapitre 3 - CHOISIR SA VIE

Chapitre 4 - SUIVRE SON INSTINCT

Chapitre 5 - MARCHER SA VÉRITÉ

Chapitre 6 - CROIRE AUX MIRACLES

Chapitre 7 - TROUVER LA RICHESSE EN SOI

Chapitre 8 - ACCUEILLIR LES ÉMOTIONS

Chapitre 9 - ATTEINDRE LE JUSTE ÉQUILIBRE

Chapitre 10 - PRENDRE SA VIE EN MAIN

Chapitre 11 - LIBÉRER LES OPPRIMÉS

Chapitre 12 - VIVRE L'AMOUR AUTHENTIQUE

Chapitre 13 - PROFITER DU MOMENT PRÉSENT

Chapitre 14 - AVOIR LE COURAGE DE SES CONVICTIONS

Chapitre 15 - SE CONFRONTER AUX DIFFICULTÉS

Chapitre 16 - VOIR LA BEAUTÉ DANS UN GRAIN DE SABLE

Chapitre 17 - QUESTIONNER LE MYSTÈRE

Chapitre 18 - SE CONNECTER À SON CENTRE SACRÉ

Chapitre 19 - LAISSER BRILLER SA FLAMME INTÉRIEURE

Chapitre 20 - PRÊTER ATTENTION AUX MOTS

Chapitre 21 - PORTER UN REGARD DOUX SUR LE MONDE

Chapitre 22 - ÊTRE FORT POUR AIDER L'AUTRE

Chapitre 23 - DÉCOUVRIR LE SENS DE LA VIE

Chapitre 24 - SE RECHARGER EN ÉNERGIE

Chapitre 25 - ÊTRE LUCIDE SUR LE MONDE

Chapitre 26 - PORTER LA VÉRITÉ

Chapitre 27 - CHEMINER EN PAIX

Chapitre 28 - ÊTRE À L'ÉCOUTE DES SIGNES

Chapitre 29 - ÊTRE LA SOURCE

Chapitre 30 - ACCEPTER D'ÊTRE MORTEL

Chapitre 31 - ÊTRE LIBRE

Chapitre 32 - REMERCIER ET AIMER

Achevé d'imprimer en août 2016
sur les presses de l'imprimerie Nørhaven

Dépôt légal : septembre 2016
Imprimé au Danemark

Ce livre est imprimé par Nørhaven, qui possède une certification environnementale qui assure une stricte application des règles concernant l'utilisation de papiers issus de forêts exploitées en gestion durable, et d'encres à base d'huiles végétales et d'eau, le recyclage et le traitement systématique des déchets, la réduction des besoins énergétiques et le recours aux énergies renouvelables.